ロクでなし魔術講師と追想日誌 —メモリーレコード— 9

Memory records of bastard magic instructor

CONTENTS

「うわぁ……先生の髪、綺麗……」

「本当、手入れのし甲斐があるわね！」

「くっ……」

とある事情で、再び女体化してしまったグレン。

アルザーノ帝国魔術学院女子寮に、女性魔術講師レーンとしてお泊まりした、その夜。

グレンは、すっかりシスティーナ、ルミアの二人に捕まってしまっていた。

「お、おい、リィエル、こいつら止めてくれよ！」

「ん。後で」

唯一、リィエルだけは興味なさそうだが、いつも通り苺タルトに夢中で、何の助けにもなりそうにない。

そして、辟易しているグレンを他所に、システィーナとルミアの二人はドンドン盛り上がる。

「こんなに長いと、色んな髪型試せそうだよね」

「そうね！　三つ編みとかツインテールとか……あ、お団子とかフィッシュボーンも似合いそう！」

「お、おい……お前らいい加減にしろよ……ッ!?」

「あ、それいいね、システィ。そうすると、それに合わせて、お洋服もコーディネートしたいよね？」

「そうね！　だったら、アクセとかお化粧も揃えなきゃ……先生、今度、一緒に服飾店行きましょう！」

「か、勘弁してくれぇえええええええええええええええええええええええええーーッ！」

夜の女子寮に、そんなグレンの素っ頓狂な悲鳴が響き渡るのであった——

システィーナ＝

フィーベル
ルミア＝

ティンジェ
『決まったぁ～っ！　フェジテ毎年恒例、三人一組魔術戦大会！　決勝進出は、魔術学院のシスティーナ、ルミア、リィエル組だぁ～～っ！』

「「「おおおおおおおおおおおおおーーっ！」」」

大盛り上がりの競技会場で、並み居る強敵チームを蹴散らし、見事決勝進出を決めた三人娘達が、誇らしげに手を振っていた。

それを観客席で見ていたイヴが、グレンへ言う。

「まぁ、あの子達の実力なら当然だけど。……でも、それ以上に何か鬼気迫る気迫で、実力以上のものを感じさせるわね」

「そ、そうだな……」

「グレン、貴方。何か心当たりある？」

「それは……」

あると言えばある。『もし勝ったら、なんでも言うこと聞いてやる』。試合前に、グレンはそう冗談めかして言っていたのだが……

（先生と一緒に遺跡探索……遺跡探索……遺跡……）

（先生とデート……先生とデート……先生と……）

（苺タルトすごいたくさん……すごいたくさん！）

何事かを据わった目でブツブツ言っている三人娘を遠目に眺めながら、グレンは頭を抑える。

「……俺、何か早まった気がする」

「何よそれ？」

そんなグレンに、イヴが眉を顰めて。

「さぁ、行こうっ！　ルミアっ！　リィエルっ！」

「うんっ！　絶対勝とうね！」

「ん！」

決勝戦がついに始まるのであった――

ロクでなし魔術講師と追想日誌(メモリーレコード)9

羊 太郎

ファンタジア文庫

3131

口絵・本文イラスト　三嶋くろね

みんな、大好き

《戦車》リィエル＝レイフォード

Memory records of bastard magic instructor

Character
アルベルト＝
フレイザー
帝国宮廷魔導士団特務分室所属。グレンの元同僚。帝国随一の狙撃手であり、戦闘から諜報まで多くの任務をこなす、すべてが超一線級の魔導士
グレン＝
レーダス
主人公。アルザーノ帝国魔術学院の魔術嫌いな魔術講師。何事もテキトーでやる気ゼロ、魔術師としても三流で、いい所まったくナシ。だが、本当の顔は――？

セリカ＝
アルフォネア
アルザーノ帝国魔術学院教授。若い容姿ながら、グレンの育ての親で魔術の師匠という謎の多い女性。グレンに対しては親バカな一面も
リィエル＝
レイフォード
帝国宮廷魔導士団特務分室所属。ルミアの護衛として、学院に編入してくるもなぜかグレンの背中ばかり追っている
システィーナ＝
フィーベル
「講師泣かせ」の二つ名を持つ生真面目な優等生。グレンのいい加減さが許せず、いつも叱りつけている様子は学院の名物になるほど
ルミア＝
ティンジェル
清楚で心優しい、誰からも好かれる人気者。一生懸命守ってくれるグレンのことを、ひたむきに慕っている。グレンとシスティーナの喧嘩ではよく仲裁役に

レーンの受難

The Agony of Lane

Memory records of bastard magic instructor

アルザーノ帝国魔術学院、一年次生の学院女子寮。

今は授業が行われている昼間ゆえに、閑散としたその建物内にて。

「…………」

廊下を、何者かが足音を忍ばせるように歩いていた。

その何者かは、周囲を警戒しながらしんと静まり返る寮内を進んでいき……やがて、とある部屋の前で、ふと足を止める。

「…………」

何者かは、ぼそりと呪文を呟いて、部屋の扉の鍵を外し……室内へそっと足を踏み入れた。

勉強机、寝台、テーブル、窓にカーテン、オイルランプ……下宿生らしいこざっぱりとした一人部屋だ。

そんな誰もいない部屋の奥にあるクローゼットの前へ、その何者かは迷いなく進み、一番下の引き出しを開く。

そこには、ブラジャーにショーツなど、女性用下着が丁寧に畳まれて、小綺麗に並んでいる。

「…………」

その何者かは、まるで宝物を見つけたかのようにそれを手に取り……そして一人、にやりとほくそ笑むのであった——

——。

「一年の女子寮で、下着ドロボ～ッ⁉」

アルザーノ帝国魔術学院本館校舎、学院長室内に、グレンの素っ頓狂な声が響き渡る。

「うむ。先週頭から起き始めて、昨日で、もうすでに八件目じゃ」

「うげ、事態はかなり深刻っすね」

面倒臭そうに頭をかくグレンに、リック学院長が神妙に応じた。

アルザーノ帝国魔術学院の生徒は、フェジテに生家を持ち、そこから通う者と、学院周辺に下宿する者や学院寮に住む者との二種に大別される。

「しかし、学院女子寮……魔術セキュリティが施された学院施設でそんなことが起きるなんて……身内を疑いたくねっすけど、コレ、犯人は学院関係者で確定っすよ？」

グレンが、室内のとある一角を、くるりと見る。

「うむ。それでいて、セキュリティを突破できる凄腕(すごうで)の魔術師じゃな。身内は疑いたくないのじゃが……」

リック学院長も、室内のとある一角を、くるりと見る。

そこには、学院の白魔術の権威、シルクハットと燕尾服の伊達男――ツェスト＝ル＝ノワール男爵が、ロープでぐるぐる巻きに拘束され、天井から逆さ吊りにされていた。

「というわけで、ほら。早く罪をゲロっちまえよ、男爵」

「舌の根の乾かぬうちに、身内を疑ってるよね、君達ぃいいい⁉」

ツェストが顔を真っ赤にし、ぶんぶんと左右に身体を揺らしながら、猛然と抗議した。

「まったく心外だ！　この貴族の私がそんな下賤で下劣な真似をすると思うかね⁉」

「思う」

「即答⁉　否、真なる紳士たる私は『YESロリータ、NOタッチ』という鉄の掟を常に遵守しておる！　私は女の子には指一本触れぬ！　精神魔術で幻覚を見せて驚かせ、キャーキャー騒ぐその愛らしい様子を遠くからの視姦で愛でることこそ至高ッ！　本人に実被害を及ぼす下着泥棒と、この私を一緒にするなッ！」

「…………」

「それに、私ほどの超級者になれば、その女の子の姿を見ただけで、その子が纏う下着の造形を、脳内で100％精度で予見創造し、魔術で物質化生成することが可能ッ！　下着泥棒などする必要が——」

「学院長。こいつはこいつで、やっぱ処分しましょうぜ？」

「うむ、そうじゃな」

「NOOOOOOO——ッ!?」

半眼のグレンと学院長の英断に、ツェストが悲痛な叫びを上げた。

「しかしまぁ、真に残念ながら、今回の件、ツェスト男爵は本当にシロのようでな。自白の魔術薬や記憶の退行催眠魔術でも、なんと無実が証明されてしまったのじゃ」

「かぁ～っ！　そりゃあ、実に残念っすね、学院長！　もう、こいつが犯人でよかったんっすけどね！」

「うむ、残念じゃ。というわけで、今回の事件の解決を、グレン君、君にお願いしたい」

「なぜに!?」

薄々わかっていたこの流れに、グレンが義務のように突っ込む。

「ちょ、待ってくださいよ!?　なんで俺がそんなことを!?」

「実はの、これは被害に遭った一年女子生徒直々のご指名なのじゃよ」

「はぁ!?　そりゃ一体——」

と、その時だった。

「失礼しますっ！」
ばんっ！　と、勢い良く学院長室の扉が開かれ、一人の女子生徒が元気一杯に飛び込んで来る。
そして、眼を白黒させているグレンの腰あたりに、その女子生徒が、ばずっと抱きつい
てくる。
仄かに桃色がかった髪、小動物のような小柄な身体、胸元に下げた十字の聖印、制服の
リボンの色から察するに一年次生らしいその少女は――
「げっ⁉ お前、マリア⁉」
つい最近、とある理由でグレンとの接点が増えた、魔術学院一年次生マリア＝ルーテル
であった。
「はいっ！ 先生の可愛いマリアですっ！ この度は、不埒な下着泥棒犯の捜査を引き受
けてくれて、ありがとうございますっ！」
「引き受けてねえよ⁉ つーか、俺を指名した一年女子ってお前か⁉」
いつものように、べったりウザく絡んでくるマリアに、グレンが辟易したように吐き捨
てた。
「ったく、冗談じゃねえよ！ なんで俺なんだよ⁉ 他にもっと適任者がいるだろう

が！」

　すると。

「……先生しか、いないんです」

　マリアがしゅんと声の調子を落として眼を伏せ、ぼそぼそと呟く。

「……不安なんです。私だけじゃありません……寮の一年次生達は皆、得体の知れない犯人を怖がっています」

「マリア……」

「でも、先生なら……今まで何度もこの学院の危機を救った先生なら、なんとかしてくれるって、そう思って」

「…………」

「お願いします、先生。どうか……どうか、私達を助けてください！」

　マリアが祈るように両手を組み、潤んだ目で真っ直ぐにグレンを見上げる。その目尻から頬を伝って流れ落ちるは珠のような一粒の涙——

　そんなマリアを前に、グレンは……

「お前、せめて目薬隠せよ」

　マリアの手に握られている小さな硝子瓶をジト眼で見ながらそう言って。

ちんと叩く。
マリアは先程までのしおらしい態度から一変、ペロッと舌を出して、自分の後頭部をぺ
「てへぺろー♪」

「ウゼェ」

あまりにもいつも通りなマリアに、グレンは盛大にため息を吐くしかなかった。

「というわけで、先生っ！　よろしくお願いしますねっ⁉　先生が来てくれれば、もう百人力ですよぉ！」

「何がどういうわけか、まったくわからんが！　俺は無理だっての！」

グレンがベタベタ抱きついてくるマリアを引き剝がしにかかる。

「女子寮だろ⁉　犯人を捕まえるなら、泊まり込みで警備をしなきゃだろ⁉　俺は男なわけで、そんなんいくらなんでも無理——」

だが、マリアはグレンにしっかりしがみつきつつ、自信満々に言った。

「そこは大丈夫です！　先生が女性になれば、まったく問題ありません！」

「は？　女になれば？」

マリアの言葉に、グレンが猛烈に嫌な予感を覚えた……その時だ。

ばぁんっ！　と。再び勢い良く開け放たれる学院長室の扉。

扉の向こうに現れたのは――

「私に任せろ、グ[illegible]セリカ！」

「ず[illegible]になって後ずさりするグレンへ、セリカが堂々と宣言した。

「いつかのように、私がお前を魔術で女体化させてやろう！　お前は可愛い一年女子達のため、馬車馬のように働くんだ、良いな⁉」

そして、見覚えのある怪しい薬瓶を手に、セリカが邪悪な笑みを浮かべて、グレンへにじり寄っていく……

「ちょ、待てや⁉　お前、なんでそんなマリアに協力的なの⁉」

「いやぁ、マリアって、凄く可愛いやつでさぁ～？　お前のことをいつも、凄い先生、最高の先生って褒めてたんだぜ？　そんな可愛いやつがお前に助けを求めてるんだ！　まぁ、力になってやれよ、うふふ！」

「チョッロ⁉　相変わらず、チョロいな第七階梯⁉」

「それにさぁ、今回、マリアからこんなプレゼント貰っちゃってさぁ？」

セリカが、表情をデレデレさせながら、一冊の写像画集を広げる。

そこには、珍しくグレンが真面目に格好良く授業を行っているシーン（どう見ても盗撮アングル）が、写像画となって無数に掲載されていた。

「こぉんな素敵な写像画集貰っちゃったら、私も一肌脱ぐしかあるまい？　うふ、うふふふふ……」

滅茶苦茶嬉しそうなセリカ。

「ぐっ！」

したり顔でウィンクし、親指を立てるマリア。その小脇には、射影機が抱えられていて……

「盗撮魔!?　学院長、処分せにゃならん犯罪者がここにも!?」

グレンが喚き散らしながら、マリアを指差すが、当のマリアは白々しく口笛を吹いて素知らぬ振りだ。

そして、セリカは——

[illegible]ーて、やるか、バカ弟子！」

で拘束した[illegible]指を鳴らし、黒魔儀【リストリクション】を起動。グレンの動きを光の輪
「い、嫌ぁあああああ[illegible]ーッ！」

学院長室に、グレンの悲痛な悲鳴が響き渡るのであった。

——とまぁ、そんなこんなで。

「ああー、もう、くそぉ！　なんでこんなことに……ッ!?」

学院敷地内を、足早に歩いて行く涙目の女性がいた。

高く美しいソプラノ声、長く艶やかな黒髪に、豊満な胸部、艶美なラインを描く太股。

服装がややズボラだが、すれ違う誰もが振り返る美女——セリカの魔術によって、再び女体化させられたグレンであった。

「ひ、久しぶりですね、その姿」

「なんか……相変わらず、こっちの女としての自信がなくなってくる、抜群のプロポーションですよね……」

「……ん。グレン、美人」

そんなグレンに、ルミア、システィーナ、リィエルがついていく。

今回の事件の解決に、三人娘達も力を貸してくれるらしかった。

「いやー、女性版先生……噂には聞いてましたけど、本当に凄いですね！」

マリアもニコニコ顔でグレンの後をついてくる。

「男性の先生も格好良かったけど、女性の先生も素敵！　ますます好きになっちゃいました！　えへっ！」

「やめろ、怖気が走るわ！　ったく、こんなん二度とやりたくなかったのにぃ〜〜ッ！」

グレンが身を震わせながら、マリアの言を否定する。

なにせ、先程から、すれ違う男子生徒や男性講師達から、何か妙に熱っぽい視線を向けられるのだ。

さすがに得体の知れない身の危険と恐怖を感じざるを得ない。

「ま、まぁまぁ、先生。マリア達一年次生が困っているのは事実ですし」

「そうですよ！　荒事が得意で暇なの先生くらいですし、ここはサクッと犯人捕まえましょう？　ね!?」

「ん。わたし達も協力する」

「ちくしょう……ああ、クソ、わかったよ！　やりゃあいいんだろ!?　やってやらぁああああ――ッ！」

もはや、ヤケクソ気味に気合いを燃やすしかないグレン。

そして、そんなグレンの肩を……

「そうだ、その意気だ、グレン君。可愛い一年女子を脅かす不埒な輩を、我々の手で捕まえるのだ」

グレンに並んで歩いていたツェスト男爵が、ぽんと叩く。

「早速、一年女子寮に潜入し、捜査開始だ！　いたいけな一年女子を我々の手で守ってやろうではないか⁉」

「ああ、そうだな」

グレンは、そのまま数秒、女子寮目指して、ツェストと一緒に歩いて……

「って、ナチュラルに交ざってんじゃねえよ、この変態ッ⁉」

「ぎゃあああああああああああああああああ――ッ⁉」

やがて我に返り、ツェストを殴り倒すのであった。


こうして、一年女子寮を騒がせる下着泥棒を捕まえるため、女体化して、システィーナ達と一緒にしばらく寮に泊まり込むことになったグレン。

学院長から依頼された正式な仕事とはいえ、グレンは気が重い。

なにせ、女子寮なのだ。

女体化しているとはいうものの、グレンは男。一年女子達からの嫌悪と反発は避けられないだろう。

グレンが今回の事件解決に当たることは、すでに寮側にも通達されているらしく、誤魔化しは一切きかない。

(ま、ガキ共にどう思われようが、どーでもいいがな)

とっとと犯人とっ捕まえて、嫌なことはさっさと終わらせちまおう……グレンは、そんな風に考えていた。

だが。

その予想は大きく裏切られることになる――

「「「ようこそ、グレン先生！」」」

「え？」

一年女子寮の玄関広間へ入った瞬間、グレンは眼(め)を瞬(しばたた)かせていた。

なんと、大勢の一年次生女子達が、大挙して待ち構え、黄色い声を上げて大歓迎してくれたのだ。

「きゃーっ！　先生よ!?　女性だけど、本物のグレン先生よ～っ！」

「あのグレン先生が来てくれたなら、もう安心だねっ！」

「絶対、下着泥棒を捕まえてくださいねっ！　応援していますっ！」

「それにしても、きゃあ～ッ！　グレン先生って、女性になっても素敵～っ！　きゃあ～

～ッ！」

「ちょ、待て、お前ら――ぅおおおおおおおお⁉」

グレンは、あっという間に一年次生女子達に取り囲まれて、もみくちゃにされるのであった。

「何コレ？　どういうこと？　学院内では有名な、あのロクでなしが……」

この予想外の歓迎ぶりに、完全に置いてけぼりになったシスティーナが唖然とその光景を眺めていると。

「あれ？　システィーナ先輩、知らなかったんですか？　グレン先生って、私達一年の間では、すっごく人気なんですよっ⁉」

ドヤ顔のマリアが、胸を張って説明を始める。

「え、えええええ～？　人気ぃ？　アイツがぁ？　嘘ぉ？」

「本当ですよぉ！　だって、先生は何度も何度も、この学院やフェジテの危機を救った英雄さんですからね！　そりゃ年頃の私達なんて、もうメロメロキュンに決まってますよぉ⁉」

「そ、それは……学年が違うせいで、普段の怠惰でいい加減なアイツの姿を知らないから……」

「そんな先生と、しばらく一つ屋根の下だなんて！　ああもう、トキメキが止まりませんっ！　この機会に、私のこと襲ってくれないかなぁ⁉　私、相手が先生なら、女性でも全然ＯＫですっ！　きゃあきゃあ〜っ！」

システィーナの話をまったく聞かず、マリアは顔を真っ赤に染めて、キャピキャピと一人盛り上がっている。その脳内は、完全にピンク色のお花畑であった。

「いや、だから、あの……ッ！」

「──というわけで、システィーナ先輩！　私も交ざってきますっ！　また後ほど！」

呆気に取られるシスティーナの前で、マリアはピシッ！　と敬礼し、グレンに向かって駆け出す。

そして、ぴょーんと跳んで、女子に囲まれているグレンへ、ダイブするのであった。

「むぅ……グレンが女の子達にベタベタされるの……なんかやだ」

すると、いつも通りの無表情ながらどこか憮然としたリィエルも、トコトコとグレンに向かっていく。

「な、なんなの？　コレ……ッ⁉」

そして、グレンに絡みつく女子達を、パワーで引き剝がしにかかる。

「ま、まぁ、私は知ってたよ？　先生が結構、人気者なの」

わなわなと震えるシスティーナに、ルミアが複雑そうな苦笑いで応じる。

「あはは、困ったね、システィ。なんか最近、どんどん倍率が上がってきたよね？」

「ば、ばばば、倍率って何よ⁉　別に私、先生が誰にモテようが、全然関係ないし⁉」

なぜか、慌てたようにシスティーナが返す。

「そもそも、なんだかんだ、先生は大人の男性よ⁉　あんな歳下のお子様達に囲まれたところで、嬉しく思ったり、調子に乗ったりするわけないじゃない⁉　だから――」

と、システィーナが強引に何かを納得しようとしていた、その時。

「ふははははははははははははははははははははははは――ッ！」

一年女子に群がられるグレンが、高笑いを始めていた。

「そうかそうか！　この俺は素敵で頼りになるか⁉　ククク、実に見る目ある将来有望な奴らだぜ、お前らはよぉ⁉　はっはっは！　くるしゅうない！　お前達の学院生活に不穏な影を落とす不埒な輩は、このグレン＝レーダス超先生様が、必ずや正義の鉄槌を下してやろう！　お前達は大船に乗ったつもりでこの俺を頼るがいい、だぁーっはははははは――ッ！」

グレンは、見事なまでに調子に乗っていた。

「……凄く嬉しそうだね、先生」

「そ　う　い　う　や　つ　だ　っ　た　わ　ね⁉　あいつはッ！」

鬼の形相でグレンを睨み付けるシスティーナに、苦笑いのルミア。

「ルミア！　速攻で下着泥棒をとっ捕まえるわよッ！　こんな所、さっさとおさらばするの！」

そして、システィーナが犯人に対する壮絶なる憎悪と憤怒を、逆恨みで燃やしていると。

「待ってください！　これは一体、どういうバカ騒ぎですか⁉」

過熱するその場を、ぴしゃりと冷やす冷水のような一喝が響き渡る。

新たに一人の少女が、その場に現れていた。

亜麻色の髪を前髪ぱっつんにした、いかにも堅物で生真面目そうな一年次生の女子だ。

「ヴィオラさんっ⁉」

マリアが素っ頓狂な声を上げて、現れた少女——ヴィオラを見た。

「どうしたんですか、ヴィオラさん、いきなり大声出して？　あ〜っ！　ヴィオラさんも先生ハーレムに交ざりたいんですねっ⁉　ほら、ココ、空いてますよ〜ッ⁉」

「そんなわけないでしょ⁉」

ヴィオラが肩を怒らせながら、グレンへ向かって歩いてくる。

「皆、その先生から離れなさい！　今は女性の身体とはいえ、その方は男性なんですよ⁉

不潔です！」

　ヴィオラの剣幕に、一年女子達がさっとグレンから離れる。

　そして、グレンの正面に立ったヴィオラが胸を張って宣言した。

「グレン先生ですね？　私はこの一年次生女子寮の監督生を務めさせていただいているヴィオラ＝シリスです。以後お見知りおきを」

　ヴィオラ＝シリス。グレンは彼女とその名を知っていた。

　先に行われた魔術祭典帝国代表選手選抜会で、一年次生としては、最後までマリアと代表選手の枠争いをしていた少女だ。

「寮生達の要請に応じて、寮を脅かす不埒な輩の捜査を買って出てくれたこと、真に感謝申し上げますが……必要ありません！」

「お？」

「ここは、先生のような、下心丸出しのケダモノがいていい場所ではないんです！　貴方のせいで、寮内の風紀が乱れるんです！　犯人は、私が捕まえますから――って、先生、拒絶されてるのに、なんで安心したように、ほっと息を吐いているんですか⁉」

　グレンに想定外の表情をされ、ヴィオラがぎょっと目を剝く。

「いやぁ……やっぱ、俺はこうじゃねえとなぁ？　生徒達から蛇蝎のように嫌われてこそ俺っていうかぁ？　最近、どーも調子狂ってたから、本当にマジでありがとうな、ヴィオラ」

「って、なんなんですか、その哀しい安堵の理由！　バカにしてます⁉」

心底感謝したようなグレンへ、ヴィオラがムキーッ！と食ってかかる。

「もうっ！　英雄だかなんだか知りませんが！　私を舐めていると、痛い目に遭いますからね⁉」

そう叫びながら、ヴィオラが素早く指で結印する。

すると、その瞬間。

場に濃密な魔力がわだかまって——

「——ッ⁉」

刹那、グレンは素早くその場を跳び離れた。

虚空より舞い降りた、幽鬼のような白い天使が、グレンへ手刀を振り下ろしたのだ。

そして、天使はヴィオラを守るように立ち、グレンを睨み付けてくる。

天使のその容姿は、まるでヴィオラの生き写しであった。

「こいつは驚いた。お前もマルアハ召喚術の使い手だったのか」

マルアハ召喚術。

自分の心の側面を白い天使と呼ばれる、幽霊にも似た魔術的従者として召喚使役する、高等召喚術だ。

白い天使が受けたダメージは、そっくりそのまま本体にフィードバックされる欠点があるが、白い天使自体は本体を超える力を持っているのだ。

「この術には、先週開眼したばかりです。もっと早く開眼していれば、代表選手枠も狙えたのですが……」

ふふん、と。どこか誇らしげに、ヴィオラが胸を張る。

「とにかく、この力があれば、この寮を狙う不埒な輩から皆を守ることなんてわけありません！　先生は大人しく帰って——あっ⁉　こら⁉」

そして、不意に上がる、ヴィオラの慌てたような声。

突然、白い天使が勝手に動き出し、グレンを襲ったのだ。

「おっと」

グレンがひらり、ひらりと白い天使の拳打や蹴撃をかわしていく。

「きゃ〜ッ！　先生、蝶みたいでカッコいい！」

たちまち上がる、マリアや一年女子達の黄色い声。

だが、当のヴィオラは、それどころではない。

「こら、やめて！　やめなさい！　私の言うことを聞いて！」

しばらくの間、ヴィオラが必死に呼びかけながら何かを念じると、ようやく白い天使(マルアハ)は動きを止める。

そして、ヴィオラの命令に応じ、虚空へ溶けるように消えていった。

（ははーん？　まだ開眼したてで、制御しきれてねえな？　こりゃ）

グレンが簡単に分析する。

白い天使(マルアハ)とは自分の心の側面。他の魔術とは違って、理屈ではなく本能で操作する術だ。操作に慣れていない者が、白い天使(マルアハ)を暴走させてしまうのは、わりとよくある話である。

「はぁ、はぁ……と、とにかく、私にはこのように力があります！　先生の助けは必要ありません！」

醜態を見せたせいか、顔を真っ赤にしたヴィオラが、グレンをきっと睨んでくる。

「いや、無理だろ」

だが、グレンは呆(あき)れたように、率直な感想を返した。

「白い天使(マルアハ)はな、代表選手のフランシーヌくらい制御できてなきゃ使い物になんねーよ。お前の才は認めるが、まだ早ぇ。生兵法は怪我(けが)のもとだ。悪いことは言わねーから、大人しく、荒事は俺に任せとけ」

「ぐぅ……ッ！　そ、それでも、私は……ッ！」

グレンのもっともな指摘に、ヴィオラは悔しげに表情を歪める。

そして踵を返し、その場を逃げるように去って行くのであった。

「なんだ？　あいつ。どうしてあんなに、俺に突っかかって来たんだ？」

グレンはそんなヴィオラの背中を、不思議そうに見送るのであった。


——その夜。

「どうか、誤解しないでください、グレン先生。ヴィオラさんはとっても、いい人なんですよ？」

グレンは、背後のマリアの弁明を、しかめっ面で聞いていた。

「ヴィオラさんは、この一年女子寮の監督生でして……少々、男嫌いなところはありますが、とっても責任感が強くて優しい子なんです。日々の寮生活で私達が不自由しないよう、本当に細かいことに気を回してくれて……悩み事がある子には親身に相談に乗ってくれて……私達と同じ一年次生とは思えない、出来た子なんです」

「まぁ、確かにヴィオラとお前らのやり取りを見てりゃ、わかるが」

グレンはまだ、ここに来てまもないが、昼間のヴィオラと寮生達の様子から察するに、

寮内でヴィオラを嫌っている者はいない。きっと、彼女は〝皆の頼れるお姉様〟……とい
う立ち位置なのだろう。

「はい。まぁ、ヴィオラさんには、ちょっと困ったところもあるんですけど……基本的に
は、とっても良い子です」

「ん？　困ったところ？」

「あ、いや。こっちの話です」

マリアがぺろっと舌を出して、何かを誤魔化す。

「……？　まぁいい」

特に深く突っ込まず、グレンは話を続けた。

「とにかく、ヴィオラについては大体わかった。まぁ、なんとか信頼関係を築けるよう努
力してみるわ」

「はいっ！　ありがとうございますっ！　さっすが、先生っ！　話がわかるっ！　器が違
う～っ！」

「はっはっは。それほどでもねえ」

と、マリアの賞讃に、グレンが適当におどけて。

そして、くるっと背後を振り返り、半眼で言った。

「で？　お前はなんで当然のように、俺の寝室のベッドの上にいるの？」

　ここは、臨時にグレンへと宛がわれた、一年女子寮内の一人部屋。

　ベッドの上には、マリアがころんっと俯せに寝そべり、枕を抱きしめて、足をパタパタさせている。まだ幼さの残る肢体に纏うは、可愛らしいフリルの下着に、シースルーの肌着……いわゆる勝負下着姿というやつだ。

「きゃ！　もうっ！　先生ったら、言わせるんですか⁉　据え膳食わぬは女の子の恥ですよ～っ⁉」

「洒落にならんから、出て行けぇえええええええええええええ――ッ⁉」

　と、グレンが叫ぶと。

「その通りだッッッ！」

　がちゃッ！　奥にあるクローゼットの中から、ツェスト男爵が現れ、マリアに猛然と説教を始めた。

「マリア君ッ！　君はもっと自身を大切にするべきだッ！　一時のテンションに任せ、自身の大切なものを投げ売りしてはならぬッ！　それは君が思っている以上に尊く、価値があるものなのだからッ！」

「ああ、そうだぞ、マリア――」

「そもそもグレン先生は紳士ッ！　君のような少女に決して手は出さぬ！　少女とは、ノータッチで愛でることこそ至高ッ！　もし、先生がその禁を破り、そんな羨ま——けしからんことに手を染めるならば、このツェスト、紳士の名にかけて全力で——」

「——って、てめぇはどっから湧いてきやがったぁああああ——ッ⁉」

我に返り、ツェストの胸ぐらを摑んで投げ飛ばすグレン。

どがっしゃあああああんっ！

「ぎゃあああああああッ⁉」

ツェストの身体は、窓を突き破って外へ飛んでいった。

そして、そんな騒ぎを聞きつけたらしい。

「今の音、なんですか⁉　先生！」

外から複数の人の気配が、この部屋へと近付いてくる——

「ちょ、やべぇえええ⁉　おい、マリア、早く服着ろッ！」

「あっ、先生っ⁉」

グレンが慌てて、床に散らばるマリアの衣服をかき集め、ベッドから降りたマリアへと押しつける。

だが、その時、グレンは傍の椅子に足を引っかけて……

「どわぁあああああああ!?」

「きゃっ!?」

　グレンがマリアを巻き込むように倒れ込み、マリアを床に組み敷く格好となってしまう。

「あいたたた、すまん、怪我は!?」

「私は全然、大丈夫ですよ？　先生が咄嗟に腕で庇ってくれましたし」

「そりゃ良かった！　と、こんなことやってる場合じゃねえ！　早く——」

　だが——時すでに遅し。

「どうしたんですか!?　先生」

「下着泥棒が出ましたか!?」

　ばぁん！　と。

　部屋の扉が開け放たれ——システィーナ、ルミア、リィエル、ヴィオラの四人が姿を現して。

「「「「…………」」」」

　そして、その空間を圧倒的な沈黙が支配することとなった。

「……えーと」

　グレンは、冷静に自分の置かれたこの状況を再確認する。

床に組み敷いている際どい下着姿のマリア。その周囲に派手に散らばるマリアの衣服……

「どう見ても暴行現場です。本当にありがとうございました」

「な、ななな、マリアに一体、何やってるんですかぁあああ――ッ⁉」

大混乱のシスティーナ。

「…………」

笑顔で大絶賛フリーズ中のルミア。

「……組み打ちの練習？」

不思議そうに首を傾げるリィエル。

そして――

「やっぱり……ッ！」

ふつふつと憤怒を滾らせ、ヴィオラがグレンを睨んでいた。

「グレン先生……やっぱり、そういう目的でこの女子寮にやって来たんですね⁉　……なんという鬼畜ッ！」

「違う！　断じて違う！」

「そ、そうですよ、ヴィオラさんは誤解していますよぅっ！」

ヴィオラの剣幕に、マリアが慌てて弁護に入る。

「私は、先生に無理矢理、襲われていたわけじゃないんですっ！」

「そうだ！　もっと言ってやれ、マリア！」

「これは両者合意の下での行為です！」

「やっぱ、黙ってろッ！」

そして、何の役にも立たないマリアの弁護も虚しく、壮絶に勘違いしたヴィオラがいきり立った。

「絶対に許しませんッ！　この寮の子達はこの私が守りますッ！　来なさいッ！

白い天使──ッ！」

ばっ！　と。ヴィオラが素早く結印して、片腕を振りかざし、颯爽とグレンへ差し向ける。

が。

「…………」

しーん……ヴィオラの白い天使は出てこなかった。

「あ、あれ⁉　白い天使ッ！　この、白い天使──ってば！　ああもう、早く出てきてくださいってば！」

そうやって何度か召喚を繰り返していると、ようやく虚空に召喚門が開いて、白い天使が登場する。

「はぁ、はぁ……貴方は……ぜぇ、ぜぇ、私とこの白い天使で……ッ！」

「お前も、微妙に締まらねえなー」

グレンは、疲れているヴィオラを流し見ながら立ち上がる。

やはり、ヴィオラは白い天使召喚術の制御が、まだまだ未熟らしい。

（ま、好都合だ。この隙に、なんとか誤解を解くか……）

さて、どうしたものかね、と、グレンが考えていると。

それは、唐突だった。

「「「きゃあああああ――ッ！」」」

階下から、複数の女子生徒の悲鳴が聞こえてきたのだ。

「え⁉　何、今の――」

「ちっ！」

察したグレンが、システィーナ達を押しのけ、部屋から飛び出す。

階段を下り、悲鳴のした場所へ駆けて行くと、そこは女子寮内に設けられている共同浴室前。

そこには、身体にタオルを巻いただけの半裸の少女達が数名、顔を真っ青にして、身を震わせて泣いていた。

今まで風呂(ふろ)に入っていたらしく、その珠肌(たまはだ)は濡(ぬ)れ、仄(ほの)かに上気していた。

「どうした、何があった!?」

「わ、私達の下着がなくなっているんです!」

「お風呂から上がったら、脱衣所が荒らされてて……ッ!」

「つまり、私達がお風呂に入っている間に、脱衣所に誰かが入って来てたんです!」

「私達、怖くて、怖くて……ッ!」

「何ぃ!?」

グレンが浴室内へと侵入する。

籠の衣類が派手に荒らされた様子のある脱衣所を見回す。

「……マジか？」

一通り脱衣所を検分し、一応、奥の浴場も確認する。

「ど、どういうことだ？　一応、人間の生体反応を探知する結界を、寮内に念入りに張っていたんだが……」

　そう。早急の対策として、グレンは昼間、この寮内のあちこちに結界を施していたのだ。なのに、それらしい反応をまったく拾えなかったのである。

「ふむ、実に興味深い事態だね」

　グレンの隣に立つツェスト男爵が、感心したように言う。

「犯人は、先生の結界をも誤魔化し、すり抜ける卓越した魔術師か、あるいは――」

　そんなチェスト男爵の胸ぐらを、グレンは無言で、ぐいっと摑んで――

　ばっしゃあああああんっ！

　お湯が張られた湯船に、放り投げるのであった。

「こ、これは!?　先程まで少女達が浸かっていたお湯!?　なんていうご褒美――ぐあああああ!?」

　歓喜から一変、男爵が悲鳴を上げる。グレンが湯船に向かって、無表情に氷結呪文を撃ち込み始めたのだ。

　たちまち、男爵ごと凍っていく湯船のお湯……

「ぐ、グレン先生、氷結呪文だけはやめてぇええええええ――ッ!?　か、身体がぁああああ――」

かちーん。やがて完全に氷塊の中に閉じ込められたチェスト男爵。

そんな汚いオブジェを余所に、グレンは神妙な表情で考える。

(くそ、わかんねえ。犯人は一体、どうやって盗んだ……?)

これは長丁場になるかもしれない。

そんな予感を胸に、グレンは誰もいない脱衣所を見つめ続けるのであった――

と、その時。

「なんか、珍しくシリアスモードなところ、悪いんですけど」

ぐいっと。そんなグレンの首根っこを、背後からやって来たシスティーナがジト目で摑む。

「半裸の女の子達の前に、堂々と姿を現し、脱衣所にそのまま突っ立ってる先生も先生ですからね?」

「……すんません」

と――そんな波乱の幕開けで。

一年次生の学院女子寮を脅かす謎の犯人の捜査が始まった。

確かに、天下のアルザーノ帝国魔術学院の女子寮で、こんな事件が起きるのは由々しき事態である。

それになんだかんだで、怖がる一年女子達を放ってはおけない。

グレンは、自身がなし得る最大限の手を尽くして、犯人捜査を試みる。

女子寮周辺に、さらに念入りに探知結界を張る。

遠見の魔術で、浴室やその周辺を監視――しようとして、システィーナに殴られたので、その辺はシスティーナ達に任せて、浴室周辺や廊下に罠を張ったり、昼夜問わず寮内の見回りを行ったりした。

だが、そんなグレンの努力を嘲笑うように――

「ああああっ！　私の部屋の下着がまた盗まれてるううう――ッ!?」

次から次へと、事件は起こる。

いかなる手口を使っているのか、犯人は少しもその尻尾を掴ませない。

まるで幽霊か何かを相手にしているかのようであった。

「やべぇ、マジでわからねえ。一体、どうなってんだ？」

「やはり、一年女子の下着は、我々で全て預かり、一括管理したほうが良いのではないかね？」

とりあえず、隣に唐突に生えてはそんなことを提案しだしたツェスト男爵をふん縛って、寮の中庭の端っこに穴を掘って埋めた。

そして、グレンは今一度考える。

（ここまで尻尾を掴ませないのは、予想外だったが……犯行時間、現場の状況から、これだけはわかる……やっぱり外部犯じゃねえ、内部犯だ）

そこだけは確信できる事であった。

（つまり、あの女子寮内の誰かが犯人……手口と動機はまるでわからねえが、それだけは間違いねえ）

と、なれば。気が進まないが、アレをやるしかないだろう……グレンがそんな決意を固めていると。

「生徒達を守るため、あえて悪となるか……漢だよ、グレン君」

「お前、どうやったらくたばるの？」

ぽん、と。肩を叩いてくる隣のツェスト男爵に、グレンはため息を吐くのであった。

そして、後日。

寮の一年女子全員を集めた、談話室にて——

「「「ええええええ⁉　私達の中に犯人がぁあああ——ッ⁉」」」

グレンの告げた言葉に、女子生徒達が素っ頓狂な声を上げていた。

「そ、そんな……」

グレンを盲信するマリアすらも、戸惑い気味だ。

「先生……本当ですか？」

「ああ、間違いねえ」

不安げなルミアに、グレンが神妙に応じる。

「俺も外部犯であってほしいと思ってたが……現場の状況から、もう内部犯としか思えねえ」

「う、嘘です、そんなの！」

当然、猛反発してくる女子生徒がいた。ヴィオラだ。

「私達が、そんなことするわけないでしょう⁉　そもそも動機は——」

「落ち着いて、ヴィオラ。先生はロクでなしだけど、根拠のない糾弾はしないわ」

「くっ……ッ！」

システィーナの宥めに、ヴィオラは押し黙るしかない。

「だが、手口がマジでわからん。そこで悪いが、今からお前らの部屋を抜き打ち捜査する。先に証拠を押さえるってやつだ。部屋から消えた下着が一つでも出てくりゃ、そいつが犯人で確定ってことだ。……いいな?」

「う……でも……」

「それで犯人がわかるなら……」

さすがに戸惑いを隠せず、気も進まなそうな一年女子達。

それもそのはず、この抜き打ち捜査は、同じ寮の仲間を疑うことに他ならないからだ。

だが、仕方ない。その場の空気がそんな風にまとまりかけた、その時だ。

「わ、私は反対です!」

やはりヴィオラが猛反対した。

「私は皆を信じてます! 私達の中にそんな下劣な犯人がいるはずがありません! 変な勘ぐりはやめてくださいませんか!? グレン先生!」

「だがなぁ、消去法で、もうそれしかないのは、さっき説明したろ?」

「ぐ──そ、それでも……ッ!」

反論できず、ヴィオラが一瞬押し黙り、負けじとグレンを睨み返す。

「わ、私達を疑うなら、先生はどうなんですか!? 先生だって容疑者になるじゃないですか⁉　犯人捜査をする振りをして、私達の下着を――」

「はぁ……？」

呆(あき)れたような顔になるグレン。

恐らく、それは自分達の中に犯人がいると認めたくないがゆえの、破れかぶれの反論だったのだろう。

（つたく……事件は俺が来る前から起きてたんだぞ？　冷静に考えりゃ、有り得ないとわかるだろうに）

だが、ヴィオラはすっかり頭に血が上っている様子であり、そのような冷静な判断は出来そうにない。

このままでは話が進まないだろう。

「わぁーったよ、まずは俺の部屋を、お前の気が済むまで調べてみろよ。そしたら、今度はお前らの番だ。それでいいな？」

「い、いいでしょう！　後悔しないでくださいね⁉」

こうして。

一同はグレンが臨時で寝泊まりしている部屋へと向かうのであった。

がちゃ。

「ほらよ、開けたぞ。好きなだけ調べろ——」

グレンが自室の扉を開く。

その瞬間、グレンは石化したように固まっていた。

「……………あれぇ？」

いつの間にか、グレンの部屋の真ん中に、無数の小さな布きれのようなもので、小山が出来上がっていたのだ。ついさっきまでなかったものだ。

そして、よくよく見れば、それは女物の下着の山だった。

「……えっ？」

「どうしたんですか？　先生……」

システィーナやルミア、リィエルが固まるグレンの脇から室内を覗く。

そして、同様に硬直する。

「………………」

グレンは認めたくない現実の前に、たっぷりと数秒硬直して。

「はぁあああ——ッ⁉　なあに、コレぇえええええ⁉」

慌てて駆け寄り、両手で下着達を鷲摑みにして凝視する。

「ええええええ⁉　先生、これ、私の下着も入ってますよぉ⁉」

マリアも駆け寄り、見覚えのある勝負下着を拾い上げ、目を丸くしていた。

「それにこれ、全部、今まで盗まれ続けていた私達の下着ですっ！」

「なんなんだよ⁉　なんでこんなもんが、突然、俺の部屋にッ⁉」

だが、その真相を考察している暇はない。

「……先生……？」

「はっ⁉」

恐ろしい気配を感じて、下着を鷲摑みにしたグレンが振り返る。

そこには、目の据わったシスティーナが修羅のように立っていた。

「ロクでなしだけど、ゲスではない……そう信じていたんですが……まさか、本当に……？」

「ち、ちちち、違う、誤解だ！　俺がこんなことするわけないだろ⁉」

「そ、そそそ、そうですよ、システィーナ先輩っ！　私の下着がここにあるのは、えーと、そのっ！」

システィーナの剣幕に、マリアが慌ててグレンの弁護に入った。

「あ、あげたからです！　先生がどうしても欲しいっていうからっ！」

「お前は黙ってろ、事態を悪化させせんじゃねえ!?」

そんな何の弁護にもならないマリアの妄言はともかく、やはり物的証拠の力は絶大だ。

扉の外で遠巻きに見ていた一年女子の表情が、みるみるうちに険悪なものへと変貌していく。

そして――

「やっぱり、犯人、先生だったんじゃないですか……ッ!」

鬼の首でも取ったようにヴィオラが、グレンの前へと歩み寄る。

「だから、男の人は嫌いなんです! いつもいつも、私達のことを厭らしい目で見て、嘘ばっか吐いてッ!」

「いや、違う。だから、違う……」

「皆! この不埒な男を成敗しますよッ! かかれぇえええええッ!」

「「「はいっ!」」」

一年女子達が一斉に呪文を唱える。

グレンの視界を、爆炎や電撃、氷礫が埋め尽くすように迫って来る。

「うおおおおお!? 俺じゃなぁあああああああいッ!」

がっしゃあああんっ!

それから逃れようと、グレンは眼前でX字に腕を交差させて、窓を突き破り、外へ飛び出すのであった。

「「「待てぇえええええ！　女の敵ぃいいいいいいいい——ッ！」」」

学院敷地内を、一年女子達が猛ダッシュでグレンを追いかけている。

「ああ、クソ！　どうしてこうなったぁあああああ——ッ!?」

グレンが猛然と逃げる、逃げる。

「ええい！　今はどこかに身を隠してやり過ごさねえと——」

「いや、グレン君。己の罪から逃げてはならんよ」

すると、グレンと併走するツェスト男爵が、諭すように言った。

「素直に己が罪を認め、悔い改めるのだ。さすれば、罪に塗れた君の魂はきっと救済されよう」

「ほう、そうかそうか！　じゃあ、なんだ!?　お前のそれはなんだ!?」

グレンがツェスト男爵を指差す。そのポケットや懐には、大量の下着がねじ込まれ、はみ出していた。

「あ、いや。これはさっき、君の部屋で拾った、ただの落とし物であり、私はちっとも悪くな——」

「悔い改めろ、ボケェ——ッ！」

走りながら、グレンが下段足払いをツェスト男爵へ仕掛ける。

「ぐふぉおおおおお——ッ!?」

バランスを崩したツェスト男爵は、そのまま後方へゴロンゴロンと転がっていき——追いかけて来た一年女子達からの激しい袋叩き(ふくろだた)きに遭った。

「ありがとうございます！」

女の子達から踏みつけられ、しばかれ、ご満悦そうな男爵はさておき。

「ええい、クソ！　さすがに無実の罪でボコられてたまるかぁあああああああああああ——ッ！」

グレンは学院敷地内を逃げて、逃げて、逃げまくって——

そして——

「やっと追い詰めました！」

学院敷地内のとある一角にて。

周囲をぐるりと一年女子達に取り囲まれたグレンの姿があった。

「酷いです、先生！」

「信じてたのに！」

「見損ないましたっ！」

「だから、俺じゃねえよ⁉　話を聞け！」

　口々にグレンを糾弾する生徒達。

　必死に無実を訴えるグレン。

「あ、あの、皆！　やっぱり、ちょっと落ち着こう⁉　うん！」

「そうだよ、先生はそんなことしないよ！」

「ん。グレンはあんな布、とらない」

　さすがに時間をおいて冷静になったのか、システィーナとルミアがグレンを庇い、リィエルもコクコク頷く。

「そうですよ、落ち着きましょう！」

　そして、マリアもここぞとばかりにグレンに味方する――

「皆、よく考えてください！」

「そうだ、マリアの言う通りだ、よく考えてくれ！」

「たとえ、先生が下着泥棒だったとしても！　先生はとっても格好良くて素敵ですっ！

「だから、お前は黙ってろぉおおおおおおおおお――ッ！」

私はまったく問題ないですっ！　ね、先生っ⁉」

まったく味方にならないマリアに、グレンは頭を抱えて天に吠えた。

そして――

「もう言い訳は無用です！　女子寮を脅かす不埒な輩は、この私が直々に成敗いたしますっ！」

ヴィオラがグレンの前に立つ。

「だから、俺じゃねえっての！」

「じゃあ、先生の部屋のあの下着の山はなんなんですか⁉」

「知らねえよ⁉　誰かが俺の部屋に放り込んだんじゃねえの⁉」

「先生は内部犯と仰いました！　さっき、談話室には私達、全員集まっていましたよね⁉　一体、誰にそんなことができるっていうんですか⁉」

「そ、それはだな……」

反論に詰まるグレン。

正直、一体、誰があんなことをしたのか見当もつかないのだ。

(結界をすり抜けるわ、罠にも引っかからないわ……犯人はマジで、幽霊か何かか……

ん？　……幽霊？）

と、その時だった。グレンはふと、とある可能性に思い至る。

（待てよ、幽霊……いや、普通なら、そんなのあり得ねえが……）

それがあり得てしまう要素が、今回はある。ならば、恐らく一番可能性が高いのは――

それだ。

（ふむ、となると……今の一年女子寮は空っぽだ。今までの犯行傾向から察するに、多分、今、高確率で……）

そう思ったグレンは、ヴィオラに真っ直ぐ向き直る。

そして――なんと、拳闘の構えを取ったのであった。

「なっ⁉」

唐突なグレンの臨戦態勢に戸惑うヴィオラへ、グレンは一方的に告げた。

「あ、突然だが、ヴィオラ。俺、今から、お前を一発殴るわ。生意気だし、ええ加減、ムカついてきたし」

口調こそ軽いが、そう宣言した途端、グレンの気配がズシンと重くなる。

これこそ、生死の修羅場をくぐった者とそうでない者の差か。

グレンの放つ凄みに、その場の全員が射竦められ、硬直するしかない。

「嫌なら、白い天使出して防御しな。もっとも、今までみたいに、召喚に手間取っていたら、顔の形が変わっちまうかもな？　さぁ、気合い入れて召喚しろよー？　くっくっく……」

「え？　え!?　本気ですか!?」

グレンの纏う存在感に圧倒され、途端、おろおろし始めるヴィオラ。

「ひ、卑怯ですよ!?　追い詰められたからって、いきなりそんな――」

「行くぞー」

そして、ヴィオラに反論や考える暇を与えず。

グレンは地を蹴り、疾風のようにヴィオラへと飛びかかっていった。

「う、あ……ッ!?」

最早、是も非もない。拳を振り上げて迫り来るグレンの姿に、ヴィオラは無我夢中になるしかない。

「ま、白い天使――ッ！」

ヴィオラが必死に結印し、叫ぶ。

虚空に召喚門が開き――だが、それはグレンの動きより圧倒的に遅い。

「ひ――ッ!?」

思わず身を硬くするヴィオラ。

「ふ――」

そして、グレンの繰り出した拳が、容赦なくヴィオラの顔面へ迫り――

ぴたり。触れる寸前で止まった。

「……う、ぁ……？」

ぺたん、と尻餅をつくヴィオラを見下ろし、グレンは肩を竦(すく)めておどけてみせた。

「ははは、すまねえな。冗談だ」

気付けば、グレンが纏う重く鋭い気配は完全に霧散している。

放心しているヴィオラに手を貸し、立たせる。

「手加減はしたんだが、思った以上に怖がらせちまったみてえだな、悪かった。だが、どうしても、お前に、今この場で白い天使(マルアハ)呼んでほしくてな。ちょ～っと、賭けなところもあったんだが……当たりだぜ」

「……当たり……？」

グレンがヴィオラの背後を指差す。

そこには、ヴィオラの白い天使(マルアハ)が、頭に女物のショーツを被(かぶ)り、両手に無数のショーツを鷲掴(わしづか)みにし、威風堂々と立っていた。

神々しい白い天使が無表情なだけに、実にシュールな光景であった。

「……え？　何これ？」

その場の一同は驚愕の目で、その白い天使を見つめている。

だが当然、一番驚いていたのは他ならぬ、ヴィオラだ。

「な、ななな、なんで？　なんで、私の白い天使が……こんなッ⁉」

「お前、もっと精進しねえとな」

グレンが慰めるように、ヴィオラの肩を叩くのであった。

結局。

事件の真相は、ヴィオラの中途半端に覚醒した白い天使の暴走であった。

「そりゃ、俺の魔術探知に引っかからんわ。拾う対象設定が、人間相手だったんだもんなあ」

白い天使とは、自分の心の側面を魔術的従者として召喚する召喚術。

その操作も、理屈ではなく本能で行う、非常に特殊な術だ。

よって、未熟な術者の白い天使が術者の制御を離れ、術者本人の意思と関係なく暴走してしまうことがよくあり、その場合、術者本人の欲望や本能に従って行動するケースが多い。

つまり、白い天使(マルアハ)が下着を集めていたのは本能的行動であり、グレンの部屋へ下着を放り込んだのも、グレン憎しの感情から来る行動であったのだ。

「こんなん不可抗力だ。罪には問われねえよ。だが問題は、術者の本能や欲望に従った結果、どうしてお前さんの白い天使(マルアハ)が、女の子の下着泥棒をしていたか？　なんだが……」

グレンが、一同の前で小さくなっているヴィオラをジト目で見る。

一同もヴィオラを見る。

すると……

「う、あああ……ご、ごめん……なさい……わ、私……実は……女の子が大好きな子なんです……ッ！」

ヴィオラは観念したように告白し、ガクリと項垂(うなだ)れ、頽(くずお)れた。

「ドン引きですよね、こんな私……もちろん、一緒に生活する皆に迷惑をかけるつもりはありませんでした……だから今まで、ずっと厳しく己を律して、必死に隠して、普通に振る舞っていたつもりだったんですが……」

そして、ヴィオラは女子寮の生徒達に向かって、頭を下げた。

「まさか、こんな形で、皆に迷惑かけてしまうなんて……ッ！」

「ヴィオラさん……」

なんと声をかけて良いかわからず、一同が押し黙る。

そんな一同へ、ヴィオラが謝罪するように言った。

「私……寮を出て行きます……」

「え⁉」

「私の家、あまり裕福じゃないから……寮に入らないと生活費がないので……学院もやめます……今まで本当にお世話になりました……うぅ……」

と、ヴィオラが、ぽたぽたと地面に涙の痕を付けていると。

「ちょっと待てよ」

グレンがため息を吐きながら、ヴィオラの肩を叩いた。

「グレン先生……？」

「極端なんだよ、お前は。頭良いやつは、どうしてこう視野が狭いのかね」

目を瞬かせて見上げてくるヴィオラに、グレンが言った。

「いいか？　お前は悪いやつじゃねえ。己の性癖と向き合い、折り合いをつけて生きていけるやつじゃねえか。それに、性癖はともかく、この寮の連中はお前にとって大事な友達だったんだろ？　だから、俺に突っかかって、俺という異物を排除しようと躍起になってたんだろ？　謎の下着泥棒から、皆を必死に守ろうとしてたんだろ？」

「そ、それは……」

「そんなやつが、たかが性癖一つで追い出されなきゃならねえとは、とても思えねえんだがな？　気負い過ぎてないで、まずは連中と話してみろよ」

グレンが、くいっとマリア達を顎でしゃくる。

「！」

するとグレンの意図を察したマリアが、にぱっ！　と笑って言った。

「あ、もちろん、別にいいですよ？　出て行かなくても！」

「……え？」

「ていうか、ぶっちゃけ、ヴィオラさんがそっちの気がある人だって、私達全員、知ってますし！」

だよねーと、マリアが楽しげに一同を振り返ると。

「うんうん。お風呂入ると、ヴィオラったら、私達の裸、ちらちら盗み見てくるし」

「一緒に洗濯物干す時、たまに下着を見て、ごくりと喉鳴らすし」

「なんか、今さらって感じ？」

「というか、ヴィオラ……アレで隠していたつもりだったんだ……」

「それにしても、なあんだ……ヴィオラの白い天使の仕業だったのね……大騒ぎして損したわ」

「え？……ええー？」

「そういえば、下着泥棒が起き始めたのって、ヴィオラが白い天使に目覚めた先週からだもんねー」

この予想外の展開に、ヴィオラが恐る恐る問う。

「あの……皆、こんな私を……受け入れてくれるの？　いてもいいの？」

「当然！」

「友達じゃん、私達！」

——と、そんな逞しい一年の少女達の様子を。

「どうやら、一件落着のようだな」

グレンは、ため息交じりにぼやきながら見つめていた。

「ふふ、よかったですね」

「ん」

「まったく、ヒヤヒヤさせますね」

システィーナが不満げに、グレンに囁く。

「もし、予想を外してたら、どうするつもりだったんですか?」

「あー、そりゃー、まー……?」

システィーナの指摘に、グレンはあまり後先を考えていなかったらしく、言葉に詰まっていた。

「ま、まぁ、とにかく! ようやく終わったんだ! もうこんな仕事、こりごりだぜ!」

「まったくもう……」

そんなことを言い合いつつ。

グレンは、友情を確かめ合っている少女達の姿を、生暖かく見守り続けるのであった

――


そして――

事件からしばらく経った、とある日。

「平和だなー」

「もう! もっとしゃきっとしてくださいって! だらけすぎですよ!」

いつも通りのグレンを、システィーナが叱咤していると。

「先生っ！」

マリアが教室の扉を開き、元気よく飛び込んで来る。

「お、マリア。あれからどうだ？　ヴィオラのやつは、ちゃんと白い天使(マルアハ)を制御できるようになったか？」

「はい、それはもうバッチリ！」

いつものように、熱量過剰の満面の笑みで応じるマリア。

「やれやれ、そりゃよかった」

「それはそうと、先生！　聞いてくださいっ！」

「なんだ？」

「じ、実は……最近、私達の寮に、今度は、本当に本物の幽霊が出るようになっちゃったんです！」

「……は？」

「私達、もう怖くて怖くて！」

猛烈に感じた嫌な予感に、グレンが固まる。

だが、マリアはおかまいなしに嬉々(きき)として続ける。

「これはもう、また愛し(いと)の先生に助けてもらうしかありませんっ！　というわけで、また女体化して、私達の寮に来てくださいっ！」

「ふざけるなぁああああああああああああ――ッ！」

グレンが、マリアの胸ぐらを摑んでガクガクと揺らす。

「俺はもうやらんからな！　他を当たれ！　いいな⁉」

「あ、すでに学院長の許可は取ってありますよ？　今回も先生に一任するって！　さすが先生、信頼厚いっ！」

「手回し早ぇな⁉　そ、それでも、俺は――」

「それに～っ！」

ばぁん！　その時、突然、教室の扉を蹴り開け、セリカが入ってくる。

「グレン、聞いたぞ！　可愛い女子生徒が、また、お前に助けを求めているんだってな⁉　ほら、早く助けに行ってやれ！」

その右手には、件の怪しい女体化薬の瓶が当然のように握られていた。

「セリカ、てめぇえええ⁉　今度はお前、何で買収された⁉」

「買収とは失礼な！　私はただ、こぉんな素敵な写像画集を、マリアから貰っただけだ！」

セリカが、左手に抱えていた写像画集を広げてみせる。

そこには、女体化したグレンの風呂上がりのシーンや寝起きのシーンなど、様々なシーン（どう見ても盗撮アングル）が、写像画となって無数に掲載されていた。

「こぉんな素敵なモノ貰っちゃったら、私も一肌脱ぐしかあるまい？　うふ、うふふふふ……」

滅茶苦茶嬉しそうなセリカ。

したり顔でウィンクし、親指を立てるマリア。

「もう嫌だぁあああああああああああああああああ──ッ！」

「あ、こら、グレン⁉」

「待ってくださいよぉ、先生！」

当然、グレンは脱兎のごとく逃げだし、セリカとマリアがそれを追いかけていく。

「はぁ……また、あの女子寮に行かなきゃいけないの？　やれやれだわ」

「あ、あははは」

「ん……なんか、やだ」

そして、三人娘達はどこか疲れたように、駆けて行くグレン達を見送るのであった。

──今日も学院は平和であった。

嵐の夜の悪夢

Nightmare on a Stormy Night

Memory records of bastard
magic instructor

「先生っ！　先生ったら！　もう、起きてください、先生っ！」

「……んあ……？　んだよ……うっせえなぁ……」

耳元でキンキン声で叫ばれて、グレンが目を覚ます。

「ふぁ〜……せっかく人が気持ち良く眠ってたってのに……」

身を起こして伸びをする。

ここはアルザーノ帝国魔術学院敷地内の中庭。

昼の暖かな陽光が降り注ぐ下で、グレンはベンチに横になって眠っていたのだが、その安寧の眠りはどうやらここまでらしい。

グレンが眠たげな目を擦りながら視線を移すと、傍らには、いつもの三人娘が立っている。

「先生、もう授業始まりますよ⁉　いつまで寝ているんですか⁉」

「あはは……お休みのところすみません。そろそろ戻って来てくださいませんか？」

「ん。グレン、このまま寝てたら遅刻すると思う」

システィーナ、ルミア、リィエルが三者三様の寝起きを促す言葉をグレンへと投げかけてくる。

「えー？　もうそんな時間？　しゃーねえなぁ……」

グレンは大きな欠伸と共に伸びをして、いかにもかったるそうにのそのそと立ち上がるのであった。

と、そんな様子を見ていたシスティーナが不満げに目くじらを立てる。

「それはそうとして、先生……最近、少し弛みすぎじゃありません？」

「ふぇ～？　そうかぁ？」

「そうですよ！」

びしっ！　と。システィーナが、すっとぼけているグレンへ指を差す。

「今だって、私達が呼びに来なかったら、多分遅刻確定でしたし！　最近、頻繁に居眠りしてますし！　服装もなんかこう、だらしないですし！　それに、私達はいつ天の智慧研究会との戦いに巻き込まれたっておかしくない状況なんですからね⁉」

そう、諸事情によりグレン達は、世界の敵である謎の魔術結社『天の智慧研究会』と、今まで何度も戦い続けてきたのである。

「常在戦場……とまでは言いませんけど、普段の生活はもう少ししゃっきりすべきじゃありませんか⁉」

「だってなぁ……最近、特に荒事も厄介事もなく平和だしなぁ……」

システィーナの説教にあまり取り合わず、グレンは呑気に欠伸をした。

「こ、このぉ……ッ！　先生がそんなことじゃ――」

システィーナがさらなる説教を続けようとした、その時。

昼休み終了を告げる鐘の音が、学院敷地内に響き渡った。

「おおっと、もう授業開始だ！　さぁ行くぞ、俺の生徒達ぃ⁉　遅刻すんなよぉ⁉　したら単位落としてやるからな⁉　ぎゃはははは！」

「あ、ちょっと、こら⁉　待ってください、先生っ！」

あからさまにシスティーナの説教から逃げるように、グレンがぴゅーんと走り去ってしまう。

「ああああああ、もうっ！」

「まぁまぁ、システィ。ほら、先生ってああいう人だから」

「ん。いつも通り」

地団駄を踏むシスティーナに、ルミアが苦笑いで、リィエルがこくりと無表情に応じる。

「わ、わかってるけどさ……でも、やっぱり最近の先生、とみに弛み過ぎじゃない？　普段からこんなんじゃ、いざという時、心配なのよ……」

「うん、そうだね。先生はいざという時、無茶するから……油断した先生が取り返しのつかない怪我をしてしまうかもって、システィはそう心配なんだよね？」

「ち⁉　ちちち、違うわよっ！　先生がちゃんとルミアを守りきってくれるかどうかが心配なのっ！」

ふかーっ！　とシスティーナが、ルミアを威嚇する。その顔色はどこか赤かった。

「ま、まぁ、それにしたって……なんとかして、最近何事もなくすっかり平和ボケしちゃった先生の気を引き締め直す方法ないかしら？」

そんなことを考えながら。

システィーナ達は、午後からの授業のため、教室へ向かって歩き始めるのであった。

——その数日後。

その日、フェジテを記録的な嵐が襲った。

夜になると、ますますその勢いは増し、まるで滝のような豪雨と人すら浮かせそうな暴風が吹き荒れていた。

そして、それは——その日の真夜中の出来事であった。

『昔、昔、在るところに、それはそれは立派な騎士様がいました。

国を守るために戦場に出れば無双の武勇を誇り、孤児となった子供達を引き取っては父親代わりに世話をする、騎士の鑑のような人物でした。

だけど、そんな騎士をよく思っていない人物がいました。その騎士が忠誠を誓って仕える領主です。

領主は自分以上に領民から慕われている騎士が目障りだったのです。

そんなある時、領主は一計を案じ、騎士が戦場に出ている間に、騎士が引き取った子供達を殺し、その罪を騎士になすりつけて、騎士を捕らえてしまったのです。

斬首刑の寸前、子供達を失った悲しみと恨みに暮れる騎士は、血の涙を流しながら言いました。

〝領主よ。私は、お前を絶対に許さない。私は、お前に奪われたものを絶対に取り返す……絶対にだ〟

一笑に付して騎士の首を刎ねる領主でしたが、その日から、不思議なことが起きるのです。

領主の可愛い息子や娘達が一人……また一人と、嵐の晩にいつの間にか、消えていくのです。

〝一体、どういうことなんだ⁉〟どんなに警備を厳重にしても、息子達の失踪は防げません……ついに一人もいなくなってしまいました。

狼狽える領主の肩を、背後から叩く者がいました。

〝言ったでしょう？　私はお前から奪われたものを絶対に取り返すと〟

恐る恐る、領主が振り返ると、そこには――』


「――首のない騎士が、そこに立っていたんだってよ⁉」

「「「きゃあああああん！　怖ぁあああい⁉」」」

真夜中のアルザーノ帝国魔術学院西館・錬金術実験室にて。

グレンが担任を務める二年次生二組の生徒達のはしゃぎ声が、姦しく響き渡っていた。

カッシュやウェンディ達を中心に、生徒達が空いている実験台を囲んで怪談に花を咲かせているのだ。

真っ暗な窓の外を見やれば、相も変わらず凄まじい暴風雨と、時折、轟音を立てる雷。

怪談をするにはもってこいのシチュエーションであった。

「翌朝、その領主は首がない状態で見つかったらしいぜ？　以降、この国では、嵐の晩に子供達を攫う首なし騎士の亡霊が未だに彷徨っているとか！」

「「「嫌ぁあああ――っ‼」」」

カッシュの締めくくりに、生徒達は大はしゃぎであった。

——本日、システィーナ達は、班ごとに分かれ、『瑠璃輝晶(るりきしょう)』という魔術触媒の錬成実験を行っていた。

そして現在、ようやく各班、素材の前処理やら調合やら、粗方の仕込みを終えたところだ。

実験台上には、複数のフラスコとサイフォンを無数のパイプで複雑に繋(つな)いだような硝子(ガラス)装置が設置され、その中には毒々しい色合いの魔術溶液(アルカヘスト)が充塡されている。それが小型火炉の火に炙(あぶ)られ、ふつふつと煮立つ液面から昇華した何らかの成分が、上部に繋がれた硝子パイプを通って、別のフラスコへ一滴一滴ゆっくりと落ちていく。その中で鮮やかな蒼(あお)色(いろ)の結晶が少しずつ成長していた。

後は一晩、学院に泊まりがけで、この結晶の成長の経過を見守る……そんな段階であった——

と、そんな風に生徒達が、怪談で盛り上がっていると。

「フン。くだらねーなぁ」

少し離れた場所で、実験台の上に足を投げ出して、椅子に腰掛けていたグレンが、ボソリと不敵に言った。

「その手の話は、帝国どころか世界中にあるっての。どーせ、〝悪いことはできない〟ってことをガキに教えるための作り話に決まってるぜ」

生徒達の視線が集まる中、グレンは余裕溢(あふ)れる表情で続ける。

「そもそも俺達は魔術師だぜ？　よしんば実話だったとしても、首なし騎士なんて魔術的にいくらでも説明がつくわ。まぁ、単純に考えるなら、首なし騎士は死霊術(ネクロマンシー)……あるいは白金術系統で再現できるわな。それよりも俺は魔導人形説を推してーな。これなら、逸話に沿ったある有利なポイントがあってだな――」

と、ドヤ顔で、首なし騎士伝説の真相考察を披露しようとするグレンであったが――

「はぁ……そんなこと言っちゃって……本当は恐(こわ)くて恐くて仕方ないんじゃないんですか？　先生」

グレンの傍(そば)で実験台に腰掛け、足をブラブラさせるシスティーナが、くすりと笑いながら、からかうように言った。

「そういえば先生、お化け苦手でしたもんね～？　以前、図書館で起きた幽霊騒動の時だって――」

「はぁあああ⁉　何言っちゃってんの、お前⁉」

がたん！　とグレンが椅子を蹴りながら立ち上がる。

「俺が軍時代、どんだけ地獄のような修羅場をくぐり抜けて来たと思ってんの⁉　今さらお化けなんて怖がるわけねーし⁉」

「強がらなくてもいいですってば。あの時、先生、めちゃくちゃ怖がってたじゃないですか？」

「ア、アレ、お前を脅かそうとした演技だし！　俺、意外と演技派だし！　つーか、あの程度のお化け力で怖がってたの、お前だけだし⁉」

「今もなんか余裕ぶって考察してましたけど、内心、心臓ドッキドキで、今すぐ怪談をやめさせたかったんじゃないですか？　だから空気読めない真相考察なんかしたりして――？」

「は、は、はーん⁉　俺、あの程度の怪談話、あと百話続けられたって余裕なんだが⁉　ていうかさぁ、リアリティがないよな最近の怪談って！　首なし～とか、恨み～とか、ただ単に聞き手を怖がらせようとわざとらしい言葉を並べ立てて話作ってるのが、もうバレバレなわけで――」

と、その時だ。

「あああああッ⁉　今、窓の外に首なし騎士が⁉」

と、システィーナが窓を指差して、声を上げた瞬間。

グレンが——動いた。

その動きは霞み消えるように鋭く素早く、水が流れるように滑らかで。

がしっ！　一瞬でシスティーナの背後に回ったグレンが、システィーナの肩と腰を掴み、彼女を盾にするようにその背中に隠れていた。

「「「…………」」」

無表情のシスティーナ。

沈黙する生徒達。

当然、窓の外には首なし騎士などいるはずもなく——

「……ふっ」

グレンだけがなぜか得意げに微笑み、優雅に髪をかき上げて足を組み、無駄に格好良く着席した。

「今のはただ、敵が不意討ちで襲ってきた時の、冷静で的確な対処法をお前らに教えただけだ」

「ていうか、今、私を盾にしてませんでしたか⁉」

「バカ。盾じゃない。ただ、お前の美しき自己犠牲精神を尊重しただけさ」

「勝手に尊重してるんじゃないわよ⁉　最ッ低！　女の子を盾にするなんて、最低ッ！」

穏やかな笑みを浮かべてそんなことを言うグレンへ、システィーナがいつものように吠えかかって。

そのままその場は、やはりいつものように、ぎゃーぎゃーと大騒ぎとなるのであった。


と、そんなこんなで夜も更け。

この一晩かかる錬金術実験の経過を見守るため、生徒達は各班ごとに交代で仮眠を取り始める。

魔術実験施設の多い学院西館には、仮眠所が設置されており、生徒達はそこで男女別に分かれて寝泊まりすることになっていた。

そして――

「ふぁ～……眠い……必修授業とはいえ、やっぱこの実験ダルいわ」

「もう、しっかりしてくださいよ」

グレン、システィーナ、ルミア、リィエルの四人が、西館内の廊下を歩いている。

今回の実験経過の評価にとある過去の実験資料が必要となったので、グレンは三人娘を連れて、錬金術実験室から遠く離れた場所にある資料室で資料を漁り、今はその帰り道である。

「だってよぉ、徹夜作業とかもうダル過ぎだろ……？　おい、お前らは平気か？　眠くないか？」

「はい、私は大丈夫です。昼間に仮眠をとっておきましたから」

穏やかに微笑み返すルミア。

「ん。わたしも大丈夫」

リィエルも山のような資料の束を軽々と抱えながら、こくんと頷く。

「わたし、七日寝なくても大丈夫」

「そういや、お前はそういう規格外だったな……俺には無理だわ……」

欠伸を噛み殺しながら、グレンは何気なく廊下に張られた窓へと目を向けた。

窓から覗く外の光景は相変わらず真っ暗だ。一応、学院敷地内には所々外灯が設置されているが、こんな豪雨が吹き荒れる嵐の夜では焼け石に水だ。

最早、日付はとうに変わっている。

指先に灯す魔術の照明光だけがぼんやりと輪郭を浮かび上がらせる夜の校舎内は、不気味に暗く、しんと静まりかえっている。

ただ、ゴォゴォと外を吹き荒れる暴風がうねる音と、窓硝子を大量の雨が叩き付ける爆音だけが、校舎内に響き渡っていた。

「ったく……本当にヤな天気だぜ……記録的嵐だぁ？　何もこんな日に重ならなくたってよ……」

三人娘達と同じく資料の束を抱えるグレンがそんなことをぼやきながら、窓の外を見下ろしていた……その時だった。

グレンはふと気付いた。

（……ん？　なんだあれ？）

窓から見下ろす校舎中庭の一角。

真っ暗で見えないはずのそこに、なぜか薄ぼんやりと淡く青白く発光する何かが見えたのだ。

（……んん？）

グレンが目を細め、目を凝らす。

よく見ると、その青白く発光するものは、人の形をしていた。

古めかしい鎧甲冑(よろいかっちゅう)姿、手に握られた無骨な剣……まるで中世時代の騎士だ。

そして——その騎士には頭部と呼べるものが存在しない。首なしの騎士であったのだ

「……えっ？」

ぞっとした。見てはいけないものを見てしまったことによる、心臓が締め付けられるような圧迫感。全身から血の気が引いていく感覚。背筋が凍りついていくような感触。

手から滑り落ちた資料の束がバサリと床を叩く(たたく)が、それに構わずグレンは目を擦り(こすり)、窓に張り付き、今一度、その場所を凝視する。

「……ッ⁉」

……いない。

先ほど、確かにこの目で見たはずの首なし騎士の姿は、もうどこにもなかったのである

――

「ちょっと、先生！　急にどうしたんですか⁉」

すると、システィーナ達が慌てて戻って来て、グレンが取り落とした資料を拾い集め始める。

「あはは、ひょっとしてバランス崩しちゃいました？　資料、たくさんありましたからね」

「はぁ……ぼうっとしてるからです。しっかりしてくださいよね、もう」

するとシスティーナは、グレンが真っ青な顔で窓際に突っ立っていることに気付く。

「……どうしたんですか？　先生」

「い、いや……なんでもない……なんでもねえんだ……ははは」

妙にぎくしゃくしながら、グレンがそう返す。

すると、システィーナがにんまりと笑いながら、からかうように言った。

「あー？　ひょっとして、窓の外から何か見えちゃいましたか？」

「ふぁっ⁉」

「たとえば……首なし騎士とかー？」

その瞬間。

「はぁあああああああああああああああ⁉　ンなわけねーだろ何言ってんのバカじゃねあんなの作り話だし実話じゃねえしあんなん怖がるのガキだけで──ッ⁉」

「きゃあっ⁉」

なんだかやけに鬼気迫る表情で詰め寄り、早口でまくし立ててくるグレンに、システィーナが引く。

ルミアとリィエルも、何事かと目をぱちくりさせている。

「じょ、冗談ですってば……なんでそんなにムキになるんですか？」

「ん。グレン、なんか変」

「な、ななな、なんでもねえ。なんでもねえよ……ハハ、ハハハ……」

不思議そうに小首を傾げるシスティーナに、グレンは引きつった笑いを浮かべながらそっぽを向く。

「ほ、ほら、さっさと戻るぞ！　なるべく急いで！」

「ま、まぁ……早く皆に資料届けなきゃですし……」

戸惑うシスティーナ達の前で、グレンは取り落とした資料をいそいそと回収するのであった。

（ああ、そうだ……さっきのは目の錯覚だ！　さっき変な話を聞いたから、俺の頭の中の逞しい想像力が勝手に創り出してしまった妄想なんだ！　俺は何も見てない！　俺は何も見ていないぞぉおおおおお――ッ！）

やがて、グレン達は全ての資料を拾い集め終わる。

「さぁ、行くぞ！」

「わかりましたけど……って、先生、ちょっと、速い!?　歩くの速いですってば!?」

「あいつらが資料の到着を待ってるからな！」

グレンが不自然なまでの早足で歩き始めた……その時であった。

「きゃああああああああああああああああ——ッ！」

「う、うわぁああああああああああああああ——ッ⁉」

校舎内に生徒達の悲鳴が響き渡り、反響するのであった——

「なんだ⁉　何が起こった⁉」

「今の……錬金術実験室の方だわ！」

「ん！」

グレン達は顔を見合わせて、駆け足で実験室へと急ぐのであった。

グレンが実験室の扉を開くと。

「なん……だと……ッ⁉」

そこは酷い有様であった。

室内の照明は消え、真っ暗だ。

実験室の窓が開け放たれ、吹き込む暴風雨でカーテンはばさばさと激しくはためき、浸入する豪雨によって床一面水浸しであった。

「なんだこれは⁉　なんで誰もいねえんだ⁉　いや――」

グレンが辺りを見回していると、ふと気付いた。

部屋の隅で、二人の生徒が頭を抱えてガクガクと震えていたことに。

カッシュとウェンディだ。

「カッシュ！　ウェンディ！」

慌ててグレンが駆け寄り、震えるカッシュ達の肩を摑んで揺さぶる。

すると、カッシュ達がびくりと震えて、グレンに気付く。

「ひっ⁉　せ、先生……ッ⁉」

二人とも、グレンを見上げる顔は真っ青であった。

「どうした⁉　一体、何があった⁉　他の連中はどこへ行ったんだ⁉」

そんなグレンの問いに、カッシュがしばらくの間、口をパクパクさせてから言った。

「で……出たんです……」

「出た⁉　何が⁉」

「その……首のない……騎士が……首なし騎士が、マジで出たんです！」

そのカッシュの発言に、グレン達に衝撃が走る。

「なん……だと……ッ⁉　首なし騎士だと……ッ⁉」

「は、はいっ！」

ウェンディがガクガクと頷きながら早口にまくし立てる。

「いきなり室内の照明が消えたと思ったら、鍵がかかっていたはずの窓が突然、開いて……首なし騎士が入って来たのです！　恐慌を来した皆さんは、ちりぢりになって、この教室から逃げていきましたわ！」

「き、騎士は、逃げた生徒達を追ってこの教室を出て行って……ぁ、あああ……信じられねえッ！」

ウェンディやカッシュの言葉に、戦慄し震えるしかないグレン。

（え……？　じゃあ、まさか……さっき、俺が見たのは……？）

これが、長い恐怖の夜の始まりを告げる合図であった――

「どうして、こんなことになっちまったんだ……？」

場所を移して、ここは西館校舎の談話室。

グレンは頭を抱えながら、呻いているのであった。

この嵐のせいで、校舎内の照明系統の魔術回路がやられたのだろう。

真っ暗な部屋の中、中央のテーブルの上に置かれた燭台の弱々しい火だけが、室内の様子を闇の中からぼんやり浮かび上がらせている。

そして、その頼りない火の光が淡く照らし上げるのは、火を囲む生徒達の顔だ。

カッシュやウェンディ、システィーナ、ルミア、リィエルら合計五名。

いつも通りに眠たげなリィエルを除き、皆一様に不安げな表情を浮かべていた。

「嘘だろ……なんだって、また……じゃあ、あの時のあれは本当に……」

グレンが頭を抱えて、何やらブツブツ言っていると。

システィーナが、いつになく神妙な表情で言った。

「嵐の夜に徘徊するという『首なし騎士』……も、もし、カッシュ達が見たものが本当にそれだとしたら、絶対にまずいわ、先生……」

「ま、まずいだと⁉　まずいとはなんだ⁉　まずいとは！」

ガタン！　とグレンが立ち上がり、声を裏返して叫ぶ。

「お、お前は首がなくなったくらいで騎士を差別するのか⁉　お前、それ、騎士が可哀想だと思わないの⁉　人の身体的特徴をバカにしてはいけませんと、小さい頃、お母さんに習わなかったわけ⁉」

「何、わけのわからないことを言っているんですかっ⁉」

なぜか、妙に余裕がないグレンに、システィーナが、ふかーっ！　と吠えかかる。

「わかってるんですか、先生！　逸話によれば、首なし騎士は〝子供を攫う〟んですよ⁉」

「……ッ！」

「当番だった生徒達は、ちりぢりになって逃げちゃいましたし！　この校舎の各仮眠所にも、生徒達が分散しているんですよ⁉　早く皆と合流しないと絶対まずいですって！」

すると。

「システィーナ……そう言えば、お前……しばらく見ないうちに、随分と大人っぽくなったよな……？」

不意に、グレンが穏やかな表情となって、そんなことを言った。

「え？」

「お前だけじゃない。俺が気付かないうちに、皆、身も心も成長し、〝大人〟になったんだな……俺がこのクラスの担任になって半年……時が経つのは、そして人の成長とは早いもんだ……もう俺が、大人のお前達にしてやれることはないのかもな……」

そう言って。

グレンはのそのそと仮眠用のタオルケットを頭に被り、丸まり始めた。

「──って、騙されるかぁ⁉」

システィーナがグレンの被るタオルケットを引きはがしにかかる。

「普段、お前ら、子供扱いしないでくださいとか言うじゃん⁉　はいはい、お前らはもう大人、大人！」

「私達が大人だから大丈夫とか、そんな話じゃないでしょう⁉　そんな屁理屈で誤魔化されると思ってるんですか⁉」

タオルケットを頭から被って縮こまるグレンと、それを奪おうと引っ張るシスティーナの猛烈なバトルが繰り広げられる。

と、その時だった。

「先生……でも、事態は思った以上に深刻ですよ」

ルミアが優しくもどこか厳しく、グレンに言った。

「その……カッシュ君達が見た〝首なし騎士〟が何者なのかはわかりませんが、誰かがこの校舎内に侵入したのは事実なんです。早く、皆を集めないと大変なことになるかも……」

そんな、ルミアの指摘に。

「……そ、そうだったな……」

ようやくグレンが落ち着きを少し取り戻したのか、タオルケットの中から立ち上がる。

「よし！　校舎内や各仮眠所を回って、生徒達をここに集めよう！」

「そ、そうですね！　バラバラでいるより、ひとかたまりでいるほうがいいですよね⁉」

「ああ、それにこの嵐、外に逃げるのは不可能だし、もし外で襲われたらこの視界の悪さ、ひとたまりもねえ。だが、朝になれば嵐も止むだろうし、助けも呼べる！　……やることは決まったな」

「はい、先生！」

グレンの力強い宣言に、システィーナがこくんと頷く。

そして、グレンはシスティーナの肩を叩きながら、真摯なる表情で遠くを見据えて言った。

「というわけで、お前は生徒達を回収しに行く。俺はここに残ってじっとしているんだ。いいな？」

「はい、先生っ！　……、はい？」

一瞬、威勢よく応じるシスティーナだったが、グレンが語る配役のおかしさに途中で気付いて……

「《先生が・動かなくて・どうするんですか》ぁああああ——ッ！」

「ぎゃあああああああああああああああああああ——ッ！」

システィーナが放った【ゲイル・ブロウ】の改変呪文が、グレンを吹き飛ばして壁へ叩き付けるのであった。

――――。


かつん、かつん、かつん……

西館の廊下に靴音が響き渡る。

グレン、システィーナ、リィエルの三人だ。

真っ暗な廊下を、指先に灯した魔術の光を頼りに、少しずつ進んでいく。

仮眠所の生徒達と、ちりぢりになった生徒達を捜して連れ戻すため、校舎内を探索しているのである。

だが――

「……あの、先生？　今の先生の姿……大人として、本気でどうかと思うんですが？」

最後尾のシスティーナが、ジト目で指摘する。

グレンは、背後からリィエルの両肩を摑んで、前に押し出すようにして、おっかなびっくり歩いているのである。情けないことこの上なかった。

「バカ、違う！　これは戦術的に合理的な選択なんだ！」

グレンが最後尾のシスティーナに振り返り、ムキになって反論する。

「これはな、いわゆる三人一組（スリーマンセル）・一戦術単位（ワンユニット）編成における、突撃矢型（ストライク・アロー）の陣形だ！」

「突撃矢型（ストライク・アロー）？」

「うむ。俺達の中でもっとも防御力に優れたリィエルを盾役として先頭に出し、後方からの不意討ちに備え、白猫を捨て駒として最後尾に配置する」

「今、ものすごく聞き捨てならない言葉が聞こえたんですが？」

「つまり、真ん中に配置された俺が、もっとも安全であるという、非常に戦術的に合理的な陣形――」

「もういい加減にしてください！　あんまり情けない姿を見せないでくださいってば！」

システィーナがグレンの背中をガリガリと猫のようにひっかきまくる。

「あだだだだ⁉　痛い⁉」

「大体、何、リィエルも黙って、先生の盾になっちゃってるの⁉　ちょっとは文句言ってもいいのよ⁉」

「……ん、でも……」

すると、リィエルがくるっと振り返って、グレンを眠たげな無表情で見上げる。

「グレン。わたしが盾？　をすると……嬉しい？」

「超☆嬉しい！」

グレンはぐっと親指を立て、清々しい笑顔で応じた。

「ナチュラルボーン破壊神なお前には、今日まで色々と手を焼かされ続けて来たけど……お前の存在を、今ほど頼もしいと思ったことはない！」

「……そう？　わたし……グレンの役に立ってる？」

「ああ。お前がこうして俺の傍らにいてくれて……本当に良かった」

「ん……」

すると、常時まったく感情の読めないリィエルだが、慣れた人なら辛うじて読みとれる程度の照れに目を細め、ほんの微かに頰を紅潮させる。

「そう言ってくれると……ん……なんか、わたし……うれしい」

「俺の盾……務めてくれるな？」

「ん。……がんばる」

グレンの無限の信頼に溢れる言葉に、リィエルがこくんと力強く頷いて。

「このドグサレ教師が……ッ！」

「グワーッ！　ギブ！　ギブゥ⁉」

システィーナが、グレンの首に腕を絡め、締め上げるのであった。

「素直でいい子なリィエルを、そんな何でも言うこと聞く都合の良い女みたいに扱うのやめてください！　リィエルを盾にするなんて……私の目が黒いうちはそんなこと、絶対、許しませんからねっ⁉」

「わ、わかったよ、仕方ねえなぁ……お前がそこまで言うなら……」

ぐい、と。

今度は、グレンはシスティーナの両肩に手を置き、その身体を前方へと押し出す。

「お前がそんなに盾をしたいだなんて思ってなかったんだよ……お前をさしおいてリィエルを盾にして悪かった」

「盾役が羨ましいからそう言ってるわけじゃないんですけど⁉　というか、捨て駒と盾、扱い全然変わってませんからね⁉」

しばらくの間、きょとんとするリィエルの前で、ぎゃーぎゃーと大騒ぎするグレンとシスティーナであった。

「まったくもうっ！　こんなことやってる場合じゃないのにっ！」

システィーナが苛々としたように髪をかき上げる。

「早く皆を回収して、談話室で合流しなきゃいけないのに！」

そう。現在、談話室にはルミア、カッシュ、ウェンディが残っている。

すっかり怯えてしまったカッシュとウェンディが、どうしてもここから動きたくないと言うからだ。

そこで談話室内に断絶結界を張り、二人をルミアに見ていてもらうよう頼んだのである。

「ま、ルミアもそこまで戦闘が得意な方じゃねえし、いくらお化けでもあの結界は突破できん。ああ……俺も残りたかった……」

「またそんなことを言って！」

システィーナが、肩を落としてうな垂れるグレンを叱咤する。

「というか先生、本当にどうしたんですか？　いくら先生がお化け苦手だとはいえ、いくらなんでも――」

「はぁ⁉　べ、別に⁉　俺がお化け恐いとか、マジありえないし⁉」

「もうそういうのいいですから」

「ただな……」

グレンがふと少し参ったように、頭を抱えてため息を吐く。

「その……なんだ……アレだ。首なし騎士……そう、首なし騎士だけは、ほんのちょ〜っとだけ、苦手っつーか……？」

どうにも歯切れの悪いグレンの言葉に、システィーナが首を傾げる。

「べ、別に？　偉大なるグレン＝レーダス超先生様ともあろう者なら、首なし騎士なんて指先一つでダウンさせることもやぶさかではないんだが……その……子供の頃に……ほんのちょぉ～～～っとだけ、そのトラウマ的なものがあってな……」

「はぁ？」

「ゾンビとか幽霊とか……まぁ、そういうお化けはまだマシなんだが……首なし騎士だけは……その、なぁ？　あは、あはははは……」

青ざめた表情でだらだらと脂汗を垂らし、乾いた笑みを浮かべるグレン。

理由は不明だが、どうやらグレンにとって、『首なし騎士』だけは、本当にダメらしい。

そんな奇妙なグレンの様子に、システィーナはほんの少しだけ困ったように頬を掻いて、言った。

「と、とにかく！　今は生徒達の回収を急ぎましょう！」

「お、おう……」

「ん」

そう言って、三人は廊下を延々と歩いていくのであった――

――一方その頃。

「先生達、大丈夫かなぁ？」

談話室では、ルミアが心配そうに窓の外を見ている。相変わらずの土砂降りの豪雨は止む気配がない。

結界はしっかり張ったので、悪意ある第三者はこの空間に入って来られない。安全地帯だ。

室内を薄ぼんやりと照らすのは燭台の炎。部屋の隅にはすっかり意気消沈して怯えきったカッシュとウェンディが蹲っている。

「首なし騎士……か。なんだか信じられないよ……」

気丈さを保ちつつも、ルミアがどこか不安げにため息を吐く。

そして、グレン達や消えた生徒達の無事を心の中で祈り続けていた。

と、その時だった。

ふっ……突然、部屋の燭台の炎が消えたのだ。

「えっ？」

途端、部屋が真っ暗になる。淡かったとはいえ、光に慣れていたルミアの目は、べったりと塗り潰されるような闇に襲われる。

まったく、何も見えなかった。

「ど、どうして？　なんで照明の光が消えたの……？」

だが、この突然の事態に動揺しつつも、精神的に強固なルミアは即座に行動を開始する。

「カッシュ君！　ウェンディ！　大丈夫⁉」

なぜか返事がない。

「とりあえず、光を点けないと……《照らせ灯火　〝我が指先に〟　──》」

そして、ルミアが黒魔【トーチ・ライト】──照明の呪文を唱えようとした、その時だった。


ガッ！


何者かが、ルミアの背後から手を伸ばし、口を塞いだのだ。

「〰〰〰ッ⁉」

目を見開いて暴れるルミア。

だが、その何者かに全身を押さえつけられ、びくともしない。声を上げることすらかなわない。

（誰⁉　一体、どうやって、この結界の中に入ったの⁉）

ルミアの口を押さえる何者かの手には布が握られている。そこに染み込んだ何らかの薬物が、ルミアの意識をあっという間に奪っていく——

（せ、先生ッ！　先生——……）

真っ暗闇の中、ルミアはまったく抵抗できないまま、そのまま——……


「な、なんてこった……クソッ！」

その光景を目の当たりにした時、グレンは愕然とするしかなかった。

おっかなびっくりとやたら広い校舎内を歩いて行き、ようやく辿り着いた仮眠所の扉を開くと——

ビュゴオビュゴオビュゴオ！

開け放しになった正面奥の窓、吹き込む暴風雨でビシャビシャになった室内。そして、左右にずらりと並ぶ三段ベッドには——誰一人いない。

この部屋には、仮眠を取っていた男子生徒約十名がいたはずなのに、誰もいなかったのである。明らかに異常事態であった。

「み、皆で一緒にトイレ……とかじゃないよな……？」

「そ、そんなわけ……ないでしょ？」

グレンの乾いた言葉に、システィーナも硬い声で応じる。

室内を見渡せば、明らかに〝突然、襲ってきた何かから逃げようとした〟……そんな状況が、ありありとわかる荷物や毛布の散らかり方であった。

「く、くそ……ッ！」

「あっ、先生⁉」

グレンが駆け出し、システィーナとリィエルがそれを追いかける。

グレンが向かった先は、女子生徒達が仮眠を取っている仮眠所だ。

「おい、お前ら！　無事か⁉」

平時なら大変なマナー違反だが、グレンはノックもせずに、仮眠所の扉を開く。

「————ッ⁉」

再度、息を呑むグレン。

状況は男子の仮眠所とまったく同じだ。開け放たれた窓、吹き込む暴風雨、そして、もぬけの殻のベッド達。

そして、呆然とするグレンの下へ、システィーナとリィエルが追いつき、部屋の中の惨状を目の当たりにする。

「嘘……こっちの部屋も、皆、いなくなってる……ッ⁉」

「……皆、どこ行ったの？」

「は、ははは……こいつぁ……ヘヴィだぜ……」

この想像を絶する事態に、グレンは石像のように立ち尽くすしかないのであった。


それから、グレン達は西館校舎内をくまなく捜し回った。

だが、生徒達はどこにも居なかった。

一体、生徒達はどこへ消えてしまったのか？　本当に、首なし騎士に連れ去られてしまったのか？

事態は何一つ打開することなく、刻一刻と時間だけが過ぎていく。

だが、相も変わらず、外の嵐が止む気配はなく、夜明けまでは果てしなく遠かった――

「ま、マジでどういうことなんだ？　マジで首なし騎士があいつらを連れてったっていうのかッ⁉」

グレンが頭を抱えている。

「あ、あわわわ……嘘だろ……じゃ、じゃあやっぱり、俺が最初に見たアレは……うおおおお……ッ！」

「もう！　何をヘタレてるんですか、らしくありませんねっ！」

システィーナがそんな情けないグレンを強い語気で叱咤する。

「とにかく！　こうなった以上、仕方ありません！　いったんルミアのところに戻りましょう！　そろそろ心配になってきましたし！」

「そ、そうだな……」

グレンが真っ青な顔で、ふらふらと立ち上がった……その時だ。

つんつん、と。

リィエルがいつも通りの無表情でグレンの背中を突いていた。

「ど、どうした？　リィエル」

「……おしっこ行きたい」

こんな状況だというのに、実にいつも通りなリィエルであった。

「……我慢しろ」

「漏れる」

「なら漏らせ」

すぱぁあああああんっ！

システィーナがグレンの後頭部をどこからか取り出した本で叩く。

「女の子に対して何デリカシーのないこと言ってるんですかっ⁉」

「わ、わかったよ……ったく、しょうがねえなぁ……」

渋々と、グレンが廊下を見回す。すると、廊下の一角に調度品として飾られている壺が見つかる。

どんっ！　その壺を、グレンはリィエルの前に置いた。

「ほれ」

「ほれ、じゃないでしょう⁉」

ぎりぎりと、グレンのネクタイを締め上げるシスティーナであった。

「……ん」

「リィエルもリィエルで、堂々とここでパンツ脱ごうとしないで！　ほら！　皆を捜すのは置いといて、とりあえずトイレを探しに行くわよ⁉」

――と、そんなこんなで。

とりあえずリィエルのために、グレン達は女子トイレの前までやってくるのであった。

「ほら、リィエル。トイレよ」

「ん」

システィーナに促され、リィエルが女子トイレの部屋に入っていく。

「じゃあ、先生。リィエルは私が見ておきますから」

そう言って、システィーナも女子トイレへと入っていく。

「ああ、そうだな。頼むぜ」

そう言って、グレンも女子トイレへと入っていく。

その瞬間。

「《どさくさに・紛れて・何をやってるんですか》ぁあああぁ――ッ⁉」

「ぐおおおおおおおお⁉」

システィーナの突風の呪文が、グレンをトイレの外へと叩き出すのであった――

「ったく、俺を一人にするんじゃねえよ……ッ！　教師をなんだと思っているんだ⁉」

女子トイレの前で。

グレンがひたすらそわそわしながら、周囲の廊下をキョドキョドと見回している。

外の嵐はよりいっそう強くなり、暴風雨が窓や壁をゴトンゴトン叩く不気味な音はうるさいほどだ。

「あああああ、もう、くっそぉ……マジでどうしてこんなことになっちまったんだぁ～～ッ⁉」

正直、グレンの頭は、最初に首なし騎士を目撃した時から、パニックになりっぱなしであった。

冷静に考えれば、生徒達の大ピンチなのだ。教師である自分が率先してなんとかしなければならない状況なのだ。ブルっている場合じゃない。

「あああああ、相手が首なし騎士でさえなけりゃなぁ～ッ⁉」

実際、グレンがお化け苦手であることは間違いない。だが、グレンにとって、首なし騎士だけは、本当に、特にダメなのである。

なぜなら――……

「ええい、くそ！　しっかりしろ！　いつまで囚われてやがる！　ガキの頃のアレは夢か何かだっての！　よし、俺は大丈夫、大丈夫、大丈夫ッ！」

ひたすら自己暗示を祈り文句のように繰り返す。

すると、軍時代に修羅場を潜り抜けることで培った胆力や度胸がようやく戻って来たのだろう。

「よし！」

パン！　と。グレンが頬を両手で挟むように叩き、気合いを入れ直す。

（消えた生徒達は、必ず助け出してやるぜッ！　教師としてなッ！）

グレンが新たな使命を炎のように燃やしていた……その時。

ふと、気付く。

「……あいつら……いくらなんでも遅くね？」

リィエルとシスティーナが女子トイレに入って、もう結構な時間が経過している。女子のトイレは男子と比べて長い、ということをさっ引いても、少し長すぎる……気がする。

「…………」

途端、グレンの中の炎がみるみるしぼみ、背中を冷や汗が流れ落ちた。

「お、おい、白猫……リィエル……」

こん、こん、と呼びかけて、トイレの扉を叩く。

返事がない。

「おーい、お前ら、まだか!?」

どん！　どん！　どん！

かなり大声で叫び、相当な力で扉を叩く。

……やはり、返事がない。

どくん、どくん……グレンの心臓が嫌な予感に悲鳴を上げる。

そして、その予感がほぼ確信にまで変化した時。

「システィーナ！　リィエル！」

グレンが女子トイレを蹴り開けた。

ばぁん！

すると——

びゅごぉおおおおおおお——ッ！

トイレの奥の設置された窓が開け放たれており——吹き込む暴風雨が、正面からグレンを殴りつけた。

「な——ッ!?」

そして、当然のようにシスティーナとリィエルの姿は、トイレ内から消えている。

「ば、バカな……ッ!?　ウッソだろう!?」

最早、次から次へと目の当たりにする恐るべき現実が、グレンの脳内処理能力の限界を振り切ってしまう。

グレンはその現実を前に、ひたすら放心し続けるのであった——

「………」

「…………」

グレンがよろよろと、最初の談話室に戻ってくる。

ある種、予感と確信があったが……その部屋に、ルミアもカッシュもウェンディもいない。

皆、皆、消えてしまった。

「だぁああああああ⁉　わけがわからん！　ど、どどど、どうすりゃいいんだ……ッ⁉　どうすんのこれぇ……ッ⁉　あわわわわ……」

グレンが、真っ暗な談話室の真ん中で頭を抱えて蹲る。

ついに一人ぼっちになってしまった。最早、誤魔化しの利かない恐怖がグレンを支配していた。

心臓がバクバクいっているのに、頭は妙に酸欠気味で息苦しく、まともな思考を紡がない。

「ヤベぇ……ヤベぇよ……ど、どうしたらいいのかサッパリわからん！　あいつらマジでどこへ行ったんだ⁉　マジで首なし騎士に、皆、攫われちまったのかぁ⁉」

どうすることもできず、グレンが談話室で一人ガクブルとしばらくの間、震えていると……

ガシャン……

何か、妙に鉄っぽい音が、微(かす)かに聞こえた気がした。

「……？」

グレンが耳を澄ますと。

ガシャン……ガシャン……ガシャン……

その鉄っぽい音は、談話室の外から響いてきていて、少しずつこの部屋に近付いてくる。

どうやらそれは足音のようで――

「～～～～～～ッ!?」

何かがここにやって来る。それは恐らく――グレンが最初に窓から見た首なし騎士に違いない。

恐怖と絶望がグレンの全身を支配する。身体(からだ)がガクガク震えて、過呼吸が止まらない。

「ひ、ひぇぇぇぇぇぇぇ……」

グレンがそうしている間にも、ガシャン……ガシャン……ガシャン！　足音は一定のリズムで、容赦なく近付いてくる。

そして――

ガシャン！

談話室の扉のすぐ向こう側で、その足音はいったん、止まって――

ぎぎぎぎぎ……しばらくして、扉がゆっくりと開かれる。

真っ暗闇の中、扉の向こう側にあらわれたその姿は――


首のない騎士であった。


「～～～～～～～ッ!?」

叫ぶと思った。

グレンはその姿をこうして間近で目の当たりにした時、自分でも思いっきり悲鳴を上げると思っていた。

だが、自分の口を突いて出た言葉は、グレン自身にとっても意外なものであった。

「おい、てめぇ。俺の生徒達をどこへやった？」

気付けば、全身の震えや過呼吸は嘘のように止まっていた。

代わりに、全身を熱く燃え上がらせるような使命感と闘志――

「許さねえ……俺の生徒達を返せ！　あいつらは俺が守るッ！」

グレンは自然と拳闘の構えを取り、首なし騎士と堂々対峙する。

「刺し違えてでも……あいつらを返してもらうぜ……ッ！」

当然、恐れや不安はある。だが、それ以上に今、自分には為さねばならないことがある。

そんな熱き思いに衝き動かされ、グレンがようやくいつもの調子を取り戻し、首なし騎士へ拳を振りかざして、飛びかかろうとしていた――

――まさに、その時だった。


「ちょ――ストップ、ストップ！」

部屋の照明が、ぱっ！　と点いて、一人の少女が首なし騎士の脇をすり抜けて、談話室へ駆け込んでくる。

システィーナであった。

「……は？　へ？　白猫……？」

拳を構えたまま、きょとんとするグレンへ、システィーナがため息交じりに言った。

「まったくもう……なぁんで土壇場でいつもの本気モードになっちゃうかなぁ？　まぁ……ちょっと嬉しかったですけど……」

システィーナがそんな風にため息を吐いていると。

「まったくもう……皆、酷いよ……」

どこか憮然としたルミアも入って来て……

「いやー、先生、お疲れさん！」

続いてカッシュ達を筆頭に、消えたはずの生徒達がぞろぞろと入ってくる。

「……どういうことなの？」

わけがわからないグレンが、所在なげに拳を構えたままでいると。

カッシュがそんなグレンの前に、看板を掲げる。

その看板に書かれた文字は──

『ドッキリ☆大成功』

──。

「って、お前らふざけるなぁあああああああああああ──ッ⁉」

全ては、最近すっかり平和ボケで気が抜けてしまったグレンへ、気を引き締め直してもらうための仕込みだった——そんな真相を聞かされた時、グレンは涙目で吠えていた。

「恐かったんだぞ⁉　滅茶苦茶恐かったんだぞ⁉」

「まぁ、そう怒らない怒らない、子供の悪戯じゃないですか！」

システィーナがニマニマとしながらグレンを宥める。

「す、すみません、先生……私も知っていたら、全力で止めたんですが」

ルミアが申し訳なさそうに謝る。

どうやら二組の中で、ルミアだけは今回の計画を知らされていなかったらしい。曰く、ルミアは生真面目過ぎて演技が出来ないらしいからだ。

「それにしたって、酷いよ……私まで脅かすなんてやりすぎだよ……」

しゅんとするルミアに。

「ごめんあそばせ、ルミア。ちょっと面白くなってしまって」

「ほら？　もう一人くらい脅かされる側の人が居た方が、先生も引っかかるかなって。悪いな！」

ウェンディとカッシュが含み笑いで謝っていた。

「とまぁ、そんなわけで、嵐の晩に首なし騎士が現れて、子供達を少しずつ攫って、皆が

??
?
ドッキリ
大成功

順番に消えていくって〝仕込み〟だったわけ！　ちょうどおあつらえ向きの嵐も、学院の気象占術で来るって出てたし！」

「ったく……道理で俺と同じくらいお化け苦手なハズのお前が、全体通して妙に冷静だったわけだぜ……」

ドヤ顔のシスティーナに、グレンが毒づく。

「で、そんな先生の様子を、皆で某所から遠見の魔術でずっと観察していたわけですが……」

「ぷーっ！　先生ったら、もう本当に面白いリアクションばっかり取られまして……笑いを堪えるのに一苦労でしたわ！」

生徒達が楽しげに笑う。

「でも、最後はちょっと、ぐっときたよな？」

「そうですわねぇ」

「今まで散々びくびくしていたのに……いざ敵が現れたら、私達を助けるために必死になっちゃって？」

システィーナがニヤニヤとグレンを流し見る。

「ったく、こいつら……ッ！」

だが、それでも騙されたことより生徒達が無事だったことの方が大きかったようである。

グレンは、はぁ～っと大きなため息を吐き、頭をかいた。

「やれやれ、くっだらねえことしやがって……もう二度とやるんじゃねーぞ？　この悪ガキどもが」

「はーい。でも、先生……どうしてここまで怖がったんですか？」

システィーナが、そんなことを何気なくグレンへ聞き返す。

「そういやそうだな、俺達、もっと早く仕込みがバレると思ったし」

「というより、ここまで騙されてくれるなんて予想外でしたわ」

すると、生徒達も口々にそんなことを言う。

すると、グレンが言った。

「俺、子供の頃に、実際に首なし騎士と遭遇したことがあるからな……」

「え？」

システィーナが固まる。

「だから、それがトラウマでな……首なし騎士だけはダメなんだよ」

「あはは、もう、先生ったら、冗談ばっかり」

「それに……資料を取りに行った時、窓の外に、首なし騎士の姿を見ちまったからな……

トラウマと相まって、アレで完全にしてやられたぜ」

今度はシスティーナだけではない。生徒達が、皆、固まった。

「今思えば、アレもお前らの仕込みなんだろ？　ったく、無駄に手を込ませやがって……」

「……え？」

グレンは呆れたように言うが。

「え、ええと……そんな仕込み、打ち合わせにあったっけ？」

「い、いや……？　というか、この嵐の中、鎧着て外に出るのは、さすがに無謀すぎるだろ……？」

システィーナ達は、少しだけ顔色を青ざめさせ、動揺と困惑の表情で互いに顔を見合わせている。

そんな生徒達の様子にグレンが、呆れたようにため息を吐く。

「ったく……まだやんのか？　それはもういいってんだよ、しつけーな」

そして、部屋の隅に佇む、首なし騎士の下へ歩いて行って、その鎧をこんこんと小突いた。

「おい、お前。白猫達から聞くに、お前の中身、リィエルなんだろ？　ほら、さっさとそれ脱げよ。いつまで首なし騎士やってんだよ？」

こんこん、こんこん。グレンが何度も鎧を小突くが反応がない。

「はぁ〜、だから、それはもういいって……いい加減――」

と、グレンが呆れたように言って、その鎧を脱がそうと騎士に手をかけた……その時であった。

がちゃ……不意に、談話室の扉が開かれる。

その扉の向こうには……

「ん。みんな、ごめん。鎧……うまく着れなくて、遅くなった」

もう一体の首なし騎士が現れていた。全体的に鎧の着付けが中途半端でどこか不格好である。

その新たに現れた首なし騎士が何かを呟くと、魔術で透明化していたらしい、リィエルの頭部が現れた。

「ん。重くはないけど、コレ暑い……ん？　みんなどうしたの？」

「「「………………」」」

圧倒的な沈黙が、グレンや生徒達を支配していた。

全員無言で、現れたリィエルと部屋の隅に佇む首なし騎士とを、交互に見比べている。

「えーと、じゃあコレ……どなた？」

グレンが恐る恐る尋ねる。

首なし騎士は無言。

生徒達も無言。ただ、真っ青になって立ち尽くしている。

皆が皆、目が如実に訴えている。

──そんなやつは知らないと。

「お、おいおい、冗談だろ？　お前ら生徒達の誰かなんだろ？　まーだ、俺を脅かし足りねえのか？　いい加減にしろっつーの！」

グレンも顔を青ざめさせながら、叫ぶ。

「どーせ、お前らの協力者か何かなんだろ！　もういいっての！　いいから、早く変装解けって！」

グレンが空虚な威勢でそう叫び、ぐいっと騎士の肩を引っ張って、鎧の中を覗き込むと
……

「げ……」

そこには、〝断面〟があって――それをグレンも生徒達も、しっかりばっちり目撃してしまって。

その次の瞬間。

ふっ……なぜか照明が落ちて、辺りが真っ暗となる。

ぼっ！　その首なし騎士が微かに青白く発光し始める。周囲の気温がみるみるうちに下がっていく。

「え？　……ええ？」

「ひょっとして、まさか……？」

呆気に取られるグレン達の前で、首なし騎士はゆっくりと剣を抜き、振り上げて――

その瞬間、外に稲光が迸り、激しい閃光が首なし騎士のシルエットを闇の中に浮かび上がらせて――

騎士は、グレン達へ容赦なく襲いかかって来るのであった――

「「「「ぎゃあああああああああああああ――ッ!?　出たぁあああああああああああああ!?」」」」

恐慌(きょうこう)を来(きた)したグレン達は、蜘蛛(くも)の子を散らすように、その談話室から逃げ出すのであった――

――そして。

「…………」

しん……誰も居なくなった談話室に、首なし騎士が佇んでいる。

しばらくの間、首なし騎士は微動だにせず佇んでいたが、やがて、ぼそぼそと何かを呟き始める。

すると――

「ふぅ……」

首なし騎士の姿が、ぐにゃりと歪(ゆが)み……変化していく。

そんな空間の揺らぎの中から現れたのは――

「やれやれ、やっと静かになったか」

――なんと、セリカであった。

セリカが幻術で首なし騎士に変身していたのである。

「まったく、いくら夜通し実験だからと言って、若い連中はうるさくて敵(かな)わん。西館宿直当番だった私が、眠れなかっただろうが、もう」

肩を竦(すく)めながら、セリカは談話室を後にする。

「しっかし、首なし騎士に変身するのは久しぶりだなぁ。やっぱ、子供の躾(しつけ)にはコレが効果覿面(てきめん)だよなぁ？　くっくっく……」

含み笑いをしつつ、セリカは自身が泊まる宿直室へ悠然と向かう。

「思い出すなぁ。いつだったかな？　小さい頃のグレンが聞き分けなかった時……夜、私がコレに変身して、脅(おど)かしたことがあったっけ？　……ふふ、時が経(た)つのは早いもんだ」

そんな懐(なつ)かしい思い出に浸りつつ。

セリカはようやく静かになった校舎内に満足げに頷(うなず)き、くぁと小さく欠伸(あくび)をするのであった。

――後日。

アルザーノ帝国魔術学院の西館校舎に、嵐の真夜中、校舎内を徘徊(はいかい)する首なし騎士の逸話が、まことしやかに語り継がれることになるのだが……それはまた別の話である。

名も無き
ビューティフル・デイ

The Nameless Beautiful Day

Memory records of bastard
magic instructor

そこはまるで小宇宙――星々の煌めきのような光の粒子達が大海となりて揺蕩う、深淵の世界であった。

そのような場所に、小さな〝家〟が一つ、ぽつんと寂しく島のように浮かんでいる。

当然、現実のものではない。

外宇宙、または夢と現実の狭間、あるいは意識と無意識の境界――その〝家〟は、そう呼ばれる概念上に形作られた〝彼女〟の領域だ。

何人たりとも立ち入れぬ、〝彼女〟の〝彼女〟による、〝彼女〟のための神聖不可侵なる聖域。

そんな〝家〟の中にて――

「何これ？　つまらない本ね」

その領域の主たる〝彼女〟――ナムルスはひたすら不機嫌であった。

天蓋付きの寝台の上で、うつぶせに寝そべるナムルスが広げて読んでいるのは一冊の本だ。

平時のナムルスは、この〝家〟の中で、人知れず引きこもり生活をしているのだが、たまに暇潰しで現実世界へと顔を出す時がある。

その本は、そういった時、システィーナが持っていた本の存在情報を複製保存し、この自分の〝家〟の中で再現したものであった。

　それはともかく。

「何がなんだか、さっぱりわからないわ。つまらない本ね」

　ナムルスは、えらく不機嫌だった。

「この子達は、どうしていちいち、たかが相手に触れたり、手を握ったりしているだけでドギマギしてるの？　つまらない本ね」

　ナムルスが読んでいるその本は、恋愛小説だ。日常の中の素直になれない男女のくすぐったい恋愛模様が描かれている。

　デートを重ねることで、少しずつ互いの心の距離が近付いていく……というのが主なストーリーラインだ。

「何なの？　なんでこの子達、いちいち心の中で相手に聞こえもしない独白ばかりしてるの？　察してくれとかエスパーじゃあるまいし、言わずにそんなの伝わるわけないじゃない。

　言いたいことがあるなら、直接面と向かって、はっきり言えばいいのに。ああ、読んでてイライラする……本当につまらない本ね」

　ナムルスは半眼で文章を追いながら、誰へともなくぶつぶつぼやいている。ページを捲(めく)

る。

「ふーん……紆余曲折あって、やっとデートねぇ？　男と女で一緒に遊びに行くだけなのに、なんでこの女、こんなにテンパってるわけ？　理解に苦しむわ。まったく、つまらない本なんだから」

ぶつぶつぼやきながら、ページを捲る。

「そもそもこの女、受け身過ぎて腹立つわ。このデートだって、全部、男がお膳立てして当然と思ってない？　テンパってるのはわかるけど、せめてデート内容の希望くらい言いなさいよ、希望くらい。つまらない本ね」

文句言いながらも、淡々と読み進めていき、ページを捲り続けていく。

「……はぁ。やっと想いを伝えたか。いや、何、嬉し泣きしてるのよ。成功するに決まってるでしょ。もうお互いの気持ちバレバレでしょ。あーもう、ウザ。心底、つまらない本」

ため息を吐いてぼやきながら、ナムルスがさらにページを捲る。

そうすると本の物語の中では、日も暮れて夜となり、恋人達のデートの楽しい時間が終わる。今日は互いに別れよう、また明日──そんな展開になっていると。

男が突然、家路に就こうとした女の手を掴み、耳元でこう囁くのだ。

〝今夜は、まだ君と一緒に居たいんだ〟……と。

すると、今までずっと鈍感だったくせに、なぜかこういう時だけは察しがいい女は、顔を真っ赤にして、こくんと頷いて……二人は連れ立って夜の街を歩き始める。

「あれま」

ナムルスが呆れたように、さらに目を細めながら、ページを捲る。

案の定、女は男に誘われるようにホテルに連れ込まれ……そういう展開になった。

少女向けの恋愛小説であるため、直接的な生々しい表現はなく、女の燃え上がるような愛と恋心の心情描写を中心とした、小綺麗で抽象的な表現でボカされたシーンではあったが……ナニをヤッたかは、歳相応の性知識さえあれば、簡単にわかる。

「はぁ～～……くっだらな」

ナムルスが盛大なため息を吐きながら、文章を一字一句、じっくりと目で追う。ページを捲る。

「ただの発情期を、よくもまぁ、こんな大仰に表現するわね？　女も女で、何が〝こんなことするなんて聞いてないっ！〟よ？　何が〝ダメっ！〟よ？　何をするつもりだったかなんてバレバレだし、ダメダメ言いながら結局逃げないんだから、要するにヤる気満々じゃない。いちいちツッコミ所満載のつまらない本ね」

やがて、たっぷりと愛し合った二人が、ベッドの上で抱き合いながら幸せなキスをしたところで……この本の物語は終わった。

「あー、つまんなかった」

ぱたん！　ナムルスが本を閉じ、保存していた本の存在情報を解放する。

すると、本は光の粒子となって解けながら、虚空にゆっくりと霧散していった。

「暇で退屈だったから、つい最初から最後まで全部読んじゃったけど……本当に時間の無駄だったわね」

ころん、と。ナムルスはベッドに仰向けにひっくり返り、天蓋を見上げながら言った。

「こういう本を読めば、少しは人間を知れるかと思ったけど……こんなつまらない本じゃ、何の参考にもならないわね」

ナムルスは人間ではない。

外宇宙にその存在本質を置く概念存在、あるいは何か大いなる存在の分霊のようなもので、超常の存在だ。

それゆえに、ナムルスは人の心の機微に疎く、当の本人もそれを自覚している。

だからこそ、こうして少しでも理解を深めようと努力しているのだが……今のところ、成果は芳しくない。

「まぁ、本の知識じゃ土台、無理な話ね……さて、どうしたものか」

ナムルスは天蓋を見上げながら、ぼんやりと考え続ける。

つまらなかったが、なぜかしっかりと覚えてしまった本の内容を、頭の中で最初から最後までもう一度、じっくりと反芻していく。

「デート。デートねぇ……」

反芻しながら、ふとその本の恋人達を、自分ととある男性に想像で置き換えてみたりしてみて……

「…………………」

そして――

――――。

アルザーノ帝国魔術学院のとある放課後にて。

「デートぉ？　ナムルスとぉ？」

ガランとした教室内に、グレンの面倒臭そうな声が響き渡った。

「はい。先生も何かとお忙しいでしょうけど……そこを何とかお願いできませんか？」

グレンの前には、ルミアが手を合わせて頭を下げている。

「私、昨晩、ナムルスさんに頼まれたんです。自分と先生のデートのセッティングをしてくれって」

「いや、ナムルスのやつとデートしろっつったって……アイツ、実体ないじゃんか」

「そこは、私がまた一日だけ、ナムルスさんに身体を貸しますから」

「………」

露骨に苦い顔をするグレン。

以前、ナムルスがルミアの身体の主導権を奪って、好き勝手やったことを思い出したのだ。

別にナムルスに悪意はなく、ただ構ってほしかっただけだったので、その時は事なきを得たが。

「ほら、私もたまには身体を貸してあげることを約束しましたし」

「まぁ、さすがにもうあんな無茶はしねーとは思うが……うーん」

やっぱりイマイチ、気の進まないグレンである。

それも当然、いくらナムルスが超常の存在だとはいえ、身体はルミア……自分の生徒なのだ。

そんな少女とデートするという絵面がまずすぎるのである。

「そもそも、なんで俺なんだよ？」

「えーと、それは……」

ルミアもどう言ったらいいのかわからず、言葉を濁していると。

『さっきから見ていたら、男がいちいち細かいことにうるさいわね』

虚空の揺らぎから染（し）み出すように、二人の前に少女の姿が結像する。

ナムルスだった。

「うお⁉　お前、居たのかよ⁉」

『とにかく、今度の休日、貴方（あなた）は私とデートするの。いい、わかった？』

「わかるか、アホォ！」

『どうしてよ？　貴方、以前、こういうことにまた付き合ってくれるって言ってくれたじゃない。あれは嘘（うそ）？』

「言ったが、あえて俺とデートをしようと思った理由くらい聞かせろ！　あまりにも唐突過ぎて、こっちは置いてけぼりなんだよ⁉」

『う……理由……？』

すると、グレンのそんな指摘に、しばらくの間、ナムルスは押し黙って。

『あれ？　ええと、理由は……その……ええと……あの……』

なぜか、目を伏せて視線を逸らしながら、たっぷりとしどろもどろになって。

『べ、別に？　最近、もっと人間を知りたいと思っただけ。恋愛は人間の基本的情動なんでしょう？　その真似事をすれば、少しは人間がわかるかと。

後、仮にもルミアの身体使うなら、その相手は信用ある貴方が適任だと思っただけ』

「……なんだ、そういうことか」

そんなナムルスの説明に一応の納得はしたのか、グレンが頭をかく。

「ったく、それならそうと、なんでルミアを使ったんだよ？　言いたいことがあるなら直接面と向かって、はっきり言えばいいだろ」

『う、うるさいわね。男なら察しなさいよ、そのくらい』

「言わずに伝わるわけねーだろ、エスパーか俺は」

なぜか不機嫌そうなナムルスに、グレンは疲れたように肩を竦める。

「で？　仮にもデートとはいうが、お前、何か希望はあるか？」

『……え？』

すると、ナムルスが目を微かに泳がせて、押し黙り……

『い、いいえ。特には……』

「お膳立ても全部、俺がしろってか。せめてデート内容の希望くらい言ってくれるとありがたいんだが？」

『そ、そんなこと言ったって、私、そういうの初めてだから、全然わかんないの！　そ、そのくらい融通利かせなさいよ、男でしょう⁉』

何かを誤魔化すような恐い形相でナムルスがグレンへと詰め寄り、その顔を寄せる。

『そもそも。私、今まで貴方のこと、散々助けたわよね？　少しくらい恩返ししてくれてもいいじゃない？』

「それを言われると、はいとしか言いようがねーが……お前、男が全部お膳立てして当然と思ってねーか？」

グレンはもう諦めたようにため息を吐くしかない。

「はいはい。わかりましたよ、お姫様……じゃ、今度の休日な？」

『ふ、ふん……まぁ、わかればいいのよ、わかれば』

そう言い捨てて、ぷいっとそっぽを向くナムルス。

『それと。せっかく、私が人について学ぼうとしているのだから、中途半端なのはやめてよね？

今度の休日デート、貴方は私に、ずっと忘れられない最高の一日を提供するの。いい？

約束よ？』

「へーいへい、約束ね」

なんでか、いつも以上に強引でワガママなナムルスに、グレンは頭をガリガリとかくしかないのであった。

そして、そんなグレンやナムルス達の様子を――

「で、でで、デートですって⁉　ナムルスさんが先生と⁉　そ、それは一体、どういう……ッ⁉」

教室の扉の隙間から、システィーナとリィエルがばっちり目撃してしまっているのであった。

そして――次の休日の昼下がり。

朝方に降っていた小雨も晴れ、嘘のような青天が広がる下――

「ったく、ナムルスのやつ……急にデートとか無茶ぶりにも程があるぜ」

グレンがぼやきながら待ち合わせ場所の噴水広場へと向かっていた。

そこで、ルミアの身体を借りたナムルスと落ち合う予定である。

「しかし、恋愛の真似事なんかしたって、人間を真に理解できるとは思えないんだがな……あいつの考えていることは、サッパリわからん」

それはともかく、確かにナムルスには恩がある。それを返せというならば返すしかない。

約束の時間通り、待ち合わせ場所の噴水広場にやってきたグレンは、ナムルスの姿を探そうとして──

「さぁて、どこかな、ナムルスのやつ──」

──硬直していた。

「…………」

噴水前のベンチに、目眩のするような存在が腰かけている。

やたら派手でけばけばしく、妖艶なゴシックパンクドレスに身を包んだ少女だ。全身に髑髏や十字架のシルバーアクセサリをジャラジャラさせ、鎖や拘束具のようなベルトをぐるぐると巻き、片頬に蝶のフェイスペイント、左眼にカラーコンタクト、背中に黒い翼を模した脱着式の飾り。

有り体に言えば、休日の公共広場における装いとしては完全に浮きまくりであり、もの凄く痛々しい……そんな少女だ。まぁ、正体は当然のようにナムルスである。

「回れ右して帰りてえぇぇぇぇ!?」

グレンは頭を抱えて叫んだ。

「ああ、そうだったよな！　ナムルスってそういうファッションセンスだったよな⁉　俺、アレを一日連れ歩くの⁉　わりとガチで嫌なんですけどぉ⁉」

と、そんなグレンに気付いたナムルスがベンチから立ち上がり、グレンの下へとやって来る。

「ふん、やっと来たわね。私の姿に随分、驚いているみたいね？」

「ああ、油断してたよ！　クソ！」

「折角のデートですもの。人間の女はこういう時、もの凄くお洒落に力を入れるものでしょう？　ちゃんと力入れてやったわ、感謝なさい」

「お前はもう少し力抜こうな！」

「実を言うと、ルミアが〝これを着て〟と懇願しながら別の服を用意してくれていたのだけど……我が半身ながら、あまりにもセンスがイモでね。好きにさせてもらって正解だったわ」

「お前のその痛スタイルに対する拘りと自信はどっから来るんだよ⁉」

「テンション高いわね？　まぁ、デートの時に、女が綺麗にお洒落していると、男のテンションは上がる……本にそう書いてあったけど」

「別　の　意　味　で　な！」

　早くも帰りたいグレンであった。

　そんなグレンを、ナムルスがジト目で睨め上げる。

「ところで、私はすでに待ち合わせ場所に居た。貴方より早く居た。……こういう時、貴方、私に言うべきことがあるでしょう？」

「……え？　待ち合わせ時間には余裕で間に合ってるからなぁ……」

　グレンが頬をかきながら言った。

「あー、〝ごめん、待った？〟か？」

　すると。

　ナムルスがニコッと笑って。

「〝ううん、全然待ってない〟」

　そんなことを言った。

　だが。

　ナムルスのそのこめかみには青筋が何本もビキビキと立っており、笑っているのに全然笑っていない。あからさまに不機嫌そうであった。

「……あー、結構、待ったんだな？」

「待ってない」

笑ってない笑顔のまま、ナムルスが返す。

「いや、その様子じゃかなり長い間、待ってたろ？」

「待ってない」

「……その派手な格好のせいですぐには気付かなかったが、お前、よく見たら髪や服がぐっしょり濡れてるじゃねーか。そして、今朝は小雨だったな？　お前、何時間くらい待ってたんだよ？」

「……十二時間」

「早く来すぎたってレベルの話じゃねえ⁉」

俯いてボソッと言うナムルスに、グレンは頭が痛くなってくる。

「だって、男は女のそういう健気なところにときめくんでしょう？　ほら、ときめきなさいよ……ッ⁉」

「そんな、もの凄い形相で胸ぐら摑まれながら言われても、ドン引きだ、アホォ⁉」

ナムルスの手を外しながら、グレンが返す。

「そんな待ちくたびれて怒るくらいなら、普通に来いよ⁉」

「は？　バカね。私が一体、今までどれだけの時間を生きてきたと思っているわけ？　悠久にも等しい時間を過ごした私にとっては、十二時間なんて、ほんの一瞬なんですけど？」

「じゃあ、なんでそんなに不機嫌なんだよ⁉」

「うるさいっ！」

そんなこんなで。

最悪の滑り出しでグレンとナムルスのデートは始まるのであった。

そして、そんなグレンとナムルスの様子を――

「くっ！　あの二人、一体、何を話しているのかしら⁉」

「ん」

システィーナとリィエルの二人が遠くから観察している。

「あんなに近い距離で親しげに楽しそうに……一応、教師と生徒という関係なのに、けしからないわっ！」

「ん。なんか喧嘩(けんか)っぽいけど、けしからない。……わたしにはよくわからないけど」

「リィエル、今日は私達二人でしっかり監視するの！　いい⁉　あのナムルスさんはルミアの身体(からだ)……万が一の間違いがあったら困るでしょ⁉」

「万が一の間違いって何？」

「え⁉　あ、う……とにかく、監視するの！　わかった⁉」

「ん、わかった。わたしにはよくわからないけど」

こうして、システィーナとリィエルの尾行も始まるのであった。


――――。


「まず、どこ行くの？」

「……買い物だよ」

グレンがナムルスを連れて、フェジテの商業地区商店街を歩いている。

様々な店舗や商業ブースが並ぶそこは、今日もいつものように行き交う老若男女で活況に溢れていた。

「なるほど、買い物。デートの定番ね。本でもそんなことをやってたわ」

ナムルスが頷く。

「で？　何を買うの？」

「服だよ、服」

　すると、ナムルスが蔑むような目でグレンを頭の天辺からつま先まで眺めて言った。

「……なるほど。貴方、今の自分の格好のイモ臭さにようやく気付き、恥ずかしいからお色直しというわけね。……いいわ、付き合ってあげる」

「誰が俺の服を買うと言った⁉　お前の服だよ！　お前の！」

　グレンが、きしゃあとナムルスへ凄む。

「私の？　なぜ？」

「クソ！　メンタルが強すぎる！」

　心底、不思議そうな顔をするナムルスを前に、グレンが歯噛みする。

「今日、俺がお前を連れて行く場所はな……ドレスコードっつーもんがあってな。つまり相応しい服装じゃなきゃ入れないってことだ」

「なるほど。つまり私のこの服装のレベルが高すぎるから、もっと周囲に合わせて落とせということ？」

「ああ、もうそれでいい。それで」

　そんなわけで。

　グレンは適当な服飾店を見つけて、その店舗内へと足を踏み入れるのであった。

「ふん、ダメね。どれもこれもイモいわ。全体的にデザインにセンスが足りないのよね」

たくさん並ぶ服を一つ一つ物色しながら、ナムルスはひたすら不機嫌だった。

「これなんか、もっと胸元開けるとかさぁ」

「零(こぼ)れるぞ」

「これなんか、もっとスカート短くするとかさぁ」

「見えるぞ」

「こんなにたくさんあるのに、一つたりとも私が気に入る服がないなんて……この世界は間違っているわね」

「お前の頭が間違ってんだよ」

最早(もはや)、デートが始まって以来、グレンはため息吐きっぱなしであった。

「まったく、本でも退屈なシーンだったけど。やっぱり退屈ね、ふん」

と、言いつつも、熱心に服を次から次へと物色しているナムルスである。

「ま、ここであまり時間を使いすぎてもアレね。というわけで、グレン。貴方、私に相応しい服を選んでよ」

「俺がぁ？　まぁ、いいけどよ」

すると、しばらくの間、グレンは店舗内を色々と見渡し。

　やがて、ナムルスの前にとある服一式を持ってやって来る。

「まぁ、お前にはこの辺りがいいんじゃねーか？」

「それ……？」

　グレンが選んだのは黒いワンピースドレスだった。全体的な意匠こそ、ややゴシック調ではあるものの、今、ナムルスが着用している派手でけばけばしいものと比べれば、周囲から浮いている感はない。〝一風変わったお洒落〟で通じるレベルだ。

「どうせ、お前、そのシルバー外す気ないんだろ？　だったらコレなら合わせて耐えられるし……それにまぁ、お前に似合うんじゃねーか？」

「似合う……？」

　ナムルスが服をマジマジと見る。

（さて、どう反応するかな……）

　ため息混じりに裁定を待つグレン。

　やがて。

「ふん、イモいわね」

　ナムルスから手厳しい評価が下った。

「これが貴方のセンス？　本当にがっかりさせられるわ」

「やれやれ、ダメか」

困ってしまうグレンである。

「中途半端もいいところね。デザインコンセプトはまずまずだけど、細部の処理や選択が全てダメだわ。特にここはリボンじゃなくてレースを──」

「はいはいはいはいはい！　俺に服選びのセンスを期待するな！　また違うの持ってくるから待ってろ！」

うんざりしながら、グレンが踵を返して服を戻してこようとすると。

「ま、待ちなさいよっ！」

ナムルスが慌てたように、グレンの首根っこを掴む。

「ぐえ⁉　な、なんだよ⁉」

「は、はっきり言って、私の卓越した美的センスからすれば、そんな服、イモっぽくて着てられないけど！　でもまぁ、せっかく貴方が選んでくれたわけだし！　これ以上は時間の無駄だしっ！　そ、それでも別にいいわ」

「ええー……？」

もうワケワカメなグレンである。

そんなグレンの手から、ナムルスが服をひったくって、高く掲げて、感情の読めない目で、じぃ〜っと穴が開くほど見つめている。

実は気に入ったのだろうか？

「まぁ、別にいいが、買う前に試着くらいしたらどうだ？」

「試着？　ああ、試着。そうね、試着しないとね。本もそうだったし」

ナムルスが周囲を見渡すと、すぐそこに試着室とそこを隔てるカーテンがあるのが見えた。

ナムルスは試着室のカーテンを、しゃっ！　と開いてその中に入る。

そして——

「ほら、早く」

試着室の中から、無表情でグレンを手招きするのであった。

「……俺は一体、お前に何を求められているわけ？」

「デートの買い物で、彼氏が彼女へ服を買ったら、試着室内でイチャコラせずにはいられないのが貴方達人間なのでしょう？　その確認よ」

「お前、人間の何が知りたいの？　マジで」

しゃっ！　グレンは呆れながら、試着室のカーテンを閉じ、ナムルスの姿を視界から消すのであった。

そして、そんなグレンやナムルス達の様子を――

並ぶ服飾のマネキンの陰から、システィーナとリィエルが観察している。

「ぐぬぬぬ……」

「な、なんてこと……まさか、あの朴念仁の先生が、女の子に服を選んで買ってあげるなんて……ッ! 私には買ってくれたことないのに……ッ!」

システィーナは大層、不機嫌そうであった。

「先生ったら、ナムルスさんに対して、きっと何かよからぬ下心を抱いているに違いないわっ! これはルミアのためにも、ちゃんと監視していないと……ッ! ぐぬぬぬ……ッ!」

「わたしにはよくわからないけど……システィーナ、服が欲しいの?」

リィエルがそんなシスティーナを、いつも通りの感情の読めない瞳で、じっと見上げてくる。

「え⁉ ま、まぁ、そうね! 私、ただ服が欲しいだけだし! べ、別に、ナムルスさんが先生から服を選んで買ってもらえて羨ましいとかそんなこと、全然、思ってないし!」

「そう。わかった」

　すると。

　リィエルがしばらくの間、システィーナから離れ……やがて、何かを抱えて戻って来る。

「ん。買ってきた。システィーナにあげる」

「えっ？」

　それは、女物の服だった。

　だが、今の流行からは大きく外れた上にデザインセンスも最悪で、最早、着ているだけで恥ずかしい、野暮ったくダサい服であった。

「着て」

「……えっ？　こ、これを……？」

「ん。わたしにも、少しわかったことがある。グレンがナムルスに服を買ってあげた時……ナムルス、結構、嬉しそうだった」

「ま、まぁ……うん、あの子も素直じゃないから……」

「人に服を買ってあげるって、喜ばれるってわかった。だから、システィーナに」

「…………」

「何かこれ、すごく高くて……お小遣い、なくなっちゃったけど。でも、システィーナには、いつもお世話になってるから……お礼。だから、着て」

そんな健気なことを言って。

リィエルが、じっとシスティーナを見つめてくる。きっと着てくれる……と、きっと喜んでくれる……と、そんな期待に目をきらきらさせて、システィーナを見つめてくる。

そんなリィエルのつぶらな瞳を前に、システィーナは〝返品してきなさい！〟とか、〝ダサいから着たくない！〟とか、到底言うことはできず──

「ち、ちっくしょおおおおおおおおおおおおおおおおお──っ！」

涙目になりながら、リィエルの買ってくれた服を抱え、試着室へと駆け込むのであった。

────。

「ふうん？　こんなイモっぽい服、断じてゴメンだと思っていたけど、まぁ……こうして着てみると、案外悪くないわね」

服飾店を後にして。

次なる目的地へと向かいながら歩いていると、ナムルスがそう呟いて、歩くグレンの前にひょいっと躍り出る。

そして、身に纏う黒いワンピースドレスの裾を摘まんで、くるっと回る。ふわりと花のように広がるスカートと共に、健康的な色香が漂う。

「どう？」

挑発的で妖艶（ようえん）な笑みをグレンへと向けてくるナムルス。

「だーかーら、似合ってるっつってんだろ。一体、何回言わせれば気が済むんだよ、もう十回目だぞ」

「う、うるさいわね。こんなイモいの着てやったんだから、せめて黙って褒めなさいよ」

ナムルスがぷいっとそっぽを向く。

「で？　買い物の次は何？」

「あー、お前を連れて行こうと思っていた所があるんだが……まだ、少し時間が空いているな……」

グレンが懐中時計で時間を確認しながら返す。

「ああ、そう。少し時間を潰す必要があるわけね。だったら……」

すると、何を思ったのか、ナムルスがキョロキョロと周囲を見回して。

「アレ。アレを買いましょう」

とある屋台を指差す。

「ん？」

その屋台はアイスキャンデーの屋台であった。

「デートといったら、こういうのを買って、二人でベンチに並んで座って食べるものでしょう？」

「……まぁ、間違ってはないが」

というわけで、アイスキャンデーのバーを、グレンとナムルスで一つずつ買って、二人は道端のベンチに並んで腰かけていた。

「まぁ、いい暇潰しではあるか――」

と、グレンが自分のアイスキャンデーにかじり付こうとすると。

「待ちなさいよ」

がっしと、ナムルスがその腕を掴む。

「な、なんだよ？」

「なんのために、わざわざ違う味のアイスキャンデーを買ったと思っているわけ？　私にあーん、しなさいよ」

「……はぁ？」

突拍子もないナムルスの提案に、頭が痛くなってくるグレンである。

「こういう時は、そういうものなのでしょう？　貴方達人間は」

「間違っちゃいないが、お前の知識は間違ってるぞ」

だが、ジト目で睨んでくるナムルスはどうやら本気であった。

つまり、あーんしてあげないと、話が進まないらしい。

「ったく、ほらよ」

仕方なく、グレンは渋々と自分のアイスキャンデーをナムルスの口元へと差し出すのであった。

すると。

「……ん」

ナムルスが小さな舌を可愛らしく出し、アイスキャンデーを舐め始める。

……舐め始めるのだが。

ぴちゃぴちゃぺちゃ……なんだか、やけに舐める時間が長い。

「お、おい……？」

唖然としているグレンの前で、ナムルスは顔を動かし、アイスキャンデーをじっくりねっとり舐めている。

キャンデーの先端をねぶり、舌を這わせて脇をなぞり……

「……ん、……ふぅ、はぁ……」

ナムルスは髪をかき上げながら目を閉じ、少し呼気を荒くして、舐め続ける。

ぺろ、ぴちゃぴちゃ……ちゅぱ、れろれろ……ぺちゃ、ぺちゃ……

やがて。

「……ぷは」

ドン引きのグレンの前で、アイスキャンデーを隅々までたっぷり舐め尽くしたナムルスが、舌の先から唾液の糸の橋をキャンデーに繋げながら、ゆっくりと顔を離していく。

「ふん。まぁまぁの味ね。もう食べていいわよ、グレン」

「コレを俺に食えと⁉」

さもありなんとすまし顔のナムルスへ、グレンがこめかみに青筋を立てて吠えかかるのであった。

「……何よ？　貴方達人間は、こういう時、間接キスとかいう間接的な唾液交換で興奮する変態的な生き物なんでしょう？」

そんなグレンへ憮然と返すナムルス。

「仕方ないから、唾液をサービスしてあげたわ。ほら、喜んで――」

「こんなもん食えるかぁあああああああああああ――ッ⁉」

「ごぼふぅっ⁉」

グレンはナムルスの口の中に、ナムルスの唾液たっぷりのアイスキャンデーを、思いっきり容赦なくねじ込むのであった。

そして、当然、そんな二人の様子をシスティーナ達は街灯の陰から見守っていて。

「……ほっ」

システィーナは安堵の息を吐いていた。

「システィーナ、なんで、ほっとしてるの？」

「べ、べべべ、別にっ⁉」

リィエルの素朴な質問に、システィーナはしどろもどろになるしかないのであった。

────。

「はぁ？　……演劇？」

フェジテが世界に誇る、アートレム劇場前広場で、ナムルスが露骨にグズっている。

「ひょっとして、今日、貴方が私を連れてきたかった場所ってココ？」

「そ、そうだが……今、わりと評判の良い新作戯曲が公演されててな……お前、劇は嫌だったか？」

「嫌も何も観たことないわよ。ただ、演劇って、人が作った脚本通りに、人が演じただけの芸でしょう？　なんだか退屈そうね」

「そうか……そりゃ参ったな。これが駄目となると、デートプランの予定を大幅に変えないとな……」

　グレンが頭をかいて困っていると。

「ふん。別にいいわよ。これで」

　ナムルスが半眼で言い、アートレム劇場入り口へ渋々歩いて行く。

「ま、本の通り、デートの定番といえば定番みたいなものらしいからね。退屈な時間になりそうだけど、これも貴方達人間を深く知るための授業時間と思えば問題ないわ──」


　──三時間後。

「ぐすっ……ひっく……良かった……ロザミア……最後に救われて……本当に良かった……ッ！」

「めちゃくちゃ、ド嵌(はま)りしてんじゃねーかよ、おい」

顔を涙でぐしゃぐしゃにしたナムルスを伴って劇場外に出たグレンは、最早(もはや)、呆(あき)れ果(は)てたようにため息を吐(つ)くしかない。

「そうだよな……お前って、出会った時からドライな冷血女に見えて、めちゃくちゃウェットだったもんなぁ……あの戯曲のストーリー、鈍感な俺でも結構、ぐっときたから、お前じゃ号泣もんだわな」

「あっ!? ち、ち、違うわよっ！ これは違うわっ！」

からかうようなグレンに、目を腫らしたナムルスが、顔を真っ赤にして抗議する。

「あ、あの劇場内が埃(ほこり)っぽかっただけよっ！ だから、ちょっと涙が止まらなくなっただけでっ！」

「はいはい、そういうことにしておいてやるよ」

「くっ……む、むぅ～～」

不覚……とばかりに、苦々しげにグレンを睨むナムルス。

だが、やがて諦めたように、つんとそっぽを向いて。

ナムルスはグレンの手を取り、しっかり手を繋ぐのであった。

「お？」

「……人間はデートの時、手を繋ぐものなんでしょう？」

そっぽを向きながらも、ちらりと僅かに見えるその頬は赤くなっていた。

「ほら、もの凄く退屈な時間を私に過ごさせたのだから、もっと退屈しない場所に私を連れてってよ。早く」

「……へいへい」

そんなどこまでも素直じゃないナムルスに苦笑しつつ。

グレンはナムルスの手を引き、次の目的地へと向かうのであった。


────。


そんなこんなで。

ナムルスがグレンを振り回す形でデートのようなものは続いていく。

グレンがナムルスを連れて行って、見せてくれるものに、ナムルスはいちいち文句を垂れる。

そして、なんだかんだでナムルスはそれらを堪能し、次へ行こう、次へ行こうと、グレンを促す。

グレンは、そんな姿に呆れながらも、ナムルスに色んなものを見せてやる。

大道芸人の路上パフォーマンスを二人で見物したり、貸本屋に連れて行ってやったり、フェジテの観光名所を色々と回ったり……

いつしか、ナムルスは文句も忘れ、夢中でそれらに喰らい付いていく。

別に、全部が全部、ナムルスの知らないものではない。真新しい体験であるとは限らない。

(でも……なんだろう？　こうして、誰かと手を繋いで回っていると……そんな在り来たりが在り来たりじゃなくなってくるような……？)

グレンに手を引かれるナムルスは、ふと、気付いてしまうのであった。

(ああ、そうか。私……今、〝楽しい〟んだ……デートってこんな感覚になるんだ……だから、人間は……)

どこか、ふわふわと熱に浮かされたような感覚の中。

グレンの背中を見つめながら、ナムルスはぼんやりとそんなことを考えるのであった
──────。

――そして、日が落ちる。

夜の帳が下りて暗くなった街中。

人の行き交いが疎らになった大通りにて。

「まぁ……色々あったけど。これで本日のデートも終わりってところね」

そっと。どこか名残惜しいように、ナムルスが手を離し、グレンから離れる。

そして、グレンに振り返って言った。

「……ま、悪くなかったわ」

言葉通り、いつも無愛想な顔のナムルスにしては、本当に満更でもなさそうであった。

「貴方のおかげで、少しは人間というものがわかってきた気がする。ま、当初の目的は果たされたというわけ。礼を言うわ、グレン」

「…………」

「さて……そろそろ私、消えるわね」

無言のグレンの前で、ナムルスが伸びをする。

「あんまり、この子の身体を借りっぱなしなのも悪いし。貴方も私の相手で疲れているでしょうしね」

そして、ナムルスは皮肉げに笑って、ちらりとグレンを一瞥してから、目を閉じる。

「じゃ、そういうわけでさよなら。またいつか、会いましょう——そう遠くない未来……あるいは過去で」

そう言い残して。

ナムルスが身体の主導権を放棄し、ルミアへと明け渡そうと、精神を統一し始めた——その時だった。

「おい、待て」

突然、グレンがナムルスの手を、ぐっと摑んできたのだ。

「……何よ？」

ナムルスが面倒臭そうに片目を開いて抗議する。

「デートはまだ終わりじゃねーよ、勝手にお開きにしてんじゃねえ」

いつになく真摯な表情で、グレンが真っ直ぐナムルスを見つめる。

「何？　まだ何かあるの？　私、もう結構満足してるんだけど？」

「バカ。これからが本番じゃねーか」

「……？」

訝しむように小首を傾げるナムルスの手を引き、グレンは再び街中へ向かって歩き始めるのであった。

(……何？　何なの？)

グレンに手を引かれるままに、ナムルスはぼんやりと物思う。

移動する周囲の様子から察するに、グレンはどうやら、街の奥……どうも人気のない場所へと、ゆっくり移動していっているようであった。

(もうすっかり夜じゃない。おまけに人間がデートでやる定番は、大体やり尽くしたのに……これからが本番だなんて、グレンは一体、何を？)

わけがわからないナムルスは、グレンの背中を見つめながら考え続ける。

(これがデートの続きなら、さすがに本日最後のイベントよね？　しかも、夜になってからやる……)

ふと、先日読んだ恋愛小説のことを思い浮かべる。

あの小説ではデートの最後に何があったか。

日没後に、デートで気持ちが盛り上がった恋人達が、二人で密かに行ったことは……何だったか？

それは——

（…………え？）

どくんっ！

それに思い当たった時、ナムルスの心臓が一つ大きく跳ね上がるのであった。

（え？　ちょっと待って……何？　まさか……そういうこと⁉）

どくん、どくん、どくん！

指数関数的に跳ね上がっていくナムルスの鼓動。

顔が真っ赤に熱くなり、思考がぐるぐると回り始める。

（いやいやいやいや、待ちなさい、ナムルス、落ち着きなさい。ちょっとそれは、あの小説のおピンク妄想に頭を侵され過ぎよ！）

ぶんぶんぶんっ！　とナムルスは頭を振り、茹だってまともに機能しない脳を叱咤する。

（いくらなんでもそれはない！　いくら身体がルミアとはいえ、私は人外の化け物よ！　そんな私を、グレンが、その……普通の人間の女の子みたいに……あの……と、とにかくありえないわっ！）

そう結論し、ナムルスが、きっとグレンの背中を睨み付ける。

（ふ、ふん、やるじゃない、グレン。この悠久の時を生き、世界の真理の番人にて担い手たるこの私に、冷や汗をかかせるなんて……最後のイベント、どうせくだらないことだろうけど、付き合ってあげるわ。精々、この私を楽しませることね……ッ！）

そんな感じで、ナムルスがグレンに手を引かれるまま、余裕の表情を取り繕っていると

——

「……ここだ」

「ええ……？」

ナムルスが、ぽかんと口を開けて、目の前の宮殿のような建物を見上げる。

グレンに連れてこられたこの場所は……フェジテが誇る高級ホテル『シャングリラホテルフェジテ』だ。

「え？　え⁉　え⁉　ホテル？　ほ、本当にこれホテル⁉」

「ホテル以外の何に見えるんだよ？　ほら、行くぞ」

グレンがナムルスの手を引き、ホテルの正面玄関口へ向かって歩き出す。

「ちょ、ちょっと待って⁉」

ナムルスが顔を真っ赤にして抵抗する。

「どうした？」

「こっ、こんなことするなんて聞いてないわよっ⁉」

「や、そりゃ言ってねーけど、薄々予想はついただろ？　ガキじゃあるまいし」

「だっ、だだだ、ダメッ！　こんなこと絶対ダメッ！　だって私――」

「どうしてもダメってんなら、やめるが……いいのか？」

グレンがナムルスの顔を覗き込んでくる。

「～～～ッ⁉」

その目から逃げるように、俯いて押し黙ってしまうナムルス。

なぜかわからないが……拒絶することも逃げることもできなかった。

「黙っているってことは、ＯＫと見なすぜ」

ぐい、と。

やけに強引にグレンがナムルスをホテルの中へと引っ張っていく。

「何、悪いようにはしないさ」

「あっ……」

ナムルスは結局、何一つ抵抗できないまま、ホテルの中へと連れ込まれてしまうのであった。

（ど、どどど、どうしようどうしようどうしようっ⁉）

それからのナムルスの思考は、大混乱のぐっちゃぐちゃで、ぐつぐつ熱く煮立つあまり、何もかもわけがわからなくなるのであった。

固く目を閉じて、全身がちがちになりながらグレンの腕に縋り付き、ただグレンに導かれるままに、おっかなびっくりホテルの中を歩いて行く。

「予約していたグレン＝レーダスだが……そうだ、北尖塔の最上階の……」

目を閉ざした真っ暗闇の中、グレンがフロントで何やら係の者と話しているようだが、大絶賛大混乱中のナムルスには、周囲の音は耳にまったく入らず、意味を紡がない。

やけにうるさい自分の鼓動の音で、あらゆる周囲の音声情報がかき消されてしまい、心臓は今にも破裂しそうであった。

（こ、これ、アレよね⁉　もう確定よね⁉　あのわけのわからない抽象的な表現でボカされていたあの行為を、これから私が身をもって、微に入り細を穿つように、じっくりねっとり体験させられるってことよね⁉）

一字一句鮮明に思い出せる、件の本の例のシーンが、ナムルスの頭の中で再生される。

だが、その脳内再生シーンの男役はグレンで……女役は自分だ。

それを想像した瞬間、さらなる血が頭に上って、くらくらした。

（え、ええ……？　わ、私……しちゃうの……？　本当に……？）

切羽詰まった今のナムルスに、身体はルミアなのだから、勝手な真似はやめるべきだとか、そんな冷静な思考は最早微塵も出てこない。

ルミアから身体を借りているだけなのだから、嫌ならさっさと消えて逃げればいいだけなのに、なぜかそれすらする気が起こらない。

このまま、この流れに最後まで身を任せてみたい……心のどこかでそう思っている自分がいた。

（嘘……信じられない……この化け物の私が……世界の真理の番人かつ担い手たるこの私が……こんな……こんな風に……普通の女の子みたいに……あわわわ……）

ナムルスがそうこうしている間に、階段を上り、手動エレベーターに乗って、ホテルの最上階へ……

（い、今、どこ⁉　私達、どこにいるの⁉　ひょっとして、もう部屋についちゃったの⁉　入っちゃったの⁉　二人きりなの⁉）

何せ周囲の状況がわからない。

目を閉じたまま、ナムルスが戦々恐々としていると。

「おい、着いたぞ。いつまでしがみついてるんだ、離れろ。このままじゃ何もできないだろ」

「……ひゃうっ⁉」

びくりと背筋を伸ばすナムルス。

どうやら……ついに、その時がやってきたようであった。

（か、覚悟……決めるしかないわね）

ナムルスが茹だった思考の中、深呼吸をする。

（ふ、ふん……たかが肉の身体を纏わねば生命を維持できない下位生物の生物的交配、繁殖活動、愛を語らう手段としての生殖行為じゃない？　上位存在のこの私がその程度、一体、何を恐れることがあるか。

それにまぁ、グレンとなら……別に嫌っていうほどでもないし。

そ、そもそも今回は、人間というものをよく知ることが目的……人間を語る上で、その××な行為が切っても切り離せぬものならば……まぁ、それを一度体験してみるのに……やぶさかでないというか――ッ！）

ひとしきり心の中で独白して。

ナムルスはついに全ての覚悟を決めて。

「わ、わかったわ！　グレン！　わ、わわわ、私……は、初めてだから……ッ！　や、優しくしなさ――」

恐る恐る、目を開くと。

「……？」

そこは別に、二人きりの宿泊部屋でもなんでもなくて。

奥の正面が一面ガラス張りとなって外の風景が見える、クラシックな雰囲気のレストランが広がっていた。

店内の内装は古風な意匠でまとめ上げられ、優雅な雰囲気を醸し出している。そして、いかにも上流階級層の紳士淑女達が、各テーブルで静かに食事をしているのが見えた。

「……何コレ？」

ジト目のナムルスへ、グレンがにやりと笑いかける。

「初めてだろ？　こういうの」

「俺も色々と考えたんだぜ？　このホテルの最上階は三つ星レストランになってってな。やっぱデートの最後のメといったらこういう高級なメシだろ？　女って、そういうの好きだと思っ――痛ったぁあああああ――ッ!?」

すぱぁんっ！

ジト目のナムルスがノーモーションで放った神速ローキックが、グレンの足を鞭のように叩くのであった。

「ったく、機嫌直せよ……」

「ふんっ！」

眼前に並べられた、いかにも高そうな高級料理を、ナムルスはナイフとフォークで乱暴に口に運びながら鼻を鳴らす。

グレンは、テーブルを挟んで正面からそんなナムルスを疲れたように見つめている。

「やれやれ、外しちまったか……難しいな」

「別に。外したわけじゃないし」

「じゃ、なんでそんなに不機嫌なんだよ？」

「……別に」

オリーブオイルの利いたパスタを、フォークでくるくると巻いて口に運び、ナムルスはそっぽを向いた。

そのテーブルは奥のガラス張りのすぐ傍だ。

そっぽを向けば、そのガラス越しに、フェジテの夜景が見える。

その光景を見て。

「――――」

ナムルスは思わず言葉を失った。

まだ深夜前、街が完全に眠りに落ちる前の一時のみ見せる、知られざるフェジテの顔。

夜闇のキャンバスを、様々な灯(ひ)や明かりが、シャンデリアのように彩(いろど)る光の芸術。

そんな光景はとても――

「……綺麗(きれい)、だろ？」

思わず食事の手を止めて、その光景に見とれていたナムルスに、グレンが笑いかけた。

「そう、実はフェジテって、こうして見ると、すげえ綺麗な都市なんだよ。高台に建てられたこのホテルの最上階高級レストランからなら、それを見ることができる」

「…………」

「いつか、俺に女ができたら、ここに連れてきてやろうと思ってた、とっておきの場所なんだが……まぁ、今回は特別、お前に開示してやるよ、ありがたく思えよな」

しばらくの間。

ナムルスは、美しい夜のフェジテの光景を、食い入るように見つめて。

やがて。

「……どうして？」

ぼそりとグレンへ問いかける。

「ん？」

「どうしてここまでしてくれるの？」

「…………」

「そうよ……考えてみれば……私、今日一日好き勝手に、貴方を振り回して……」

きっと、今まで舞い上がっていて、気付かなかったのだろう。今日一日、自分のテンションは明らかに普通じゃなかった。

だが、この美しい光景が、ナムルスをようやく冷静にさせた。

いつもの落ち着いた自分が戻ってくると、急に今日一日の自分が恥ずかしくなってくる。

「いきなりデートだなんて、きっと迷惑だったわよね。なのに貴方は結局、最後まで私に付き合ってくれた……おまけにこんな秘密の場所まで見せてくれて……一体、どうして……？」

「まぁ、お前が大人びているようで、案外、ガキっぽいのは、今までの付き合いで知っているしな」

何を今さらとばかりにグレンが返す。

「それに……約束、したろ？」

「約束？」

「ああ、お前言ったろ？　〝忘れられない最高の一日を提供しろ〟ってな」

「……ッ！」

驚きに目を見開くナムルスへ、グレンが続ける。

「俺にはよくわからんが……お前は普段、独りぼっちなんだろ？　だから、お前は構ってちゃんなんだし、それをさっ引いても、たまにこっちに来る時くらい楽しんでほしいと思ってる。なにせ、お前だって、俺の大事な仲間なんだしな」

すると、ナムルスはしばらくの間、グレンの言葉を胸の中で反芻するように押し黙り……やがて。

「ふん、何それ？　口説いてるの？」

「どうとでも取れよ。……で？　食事は美味いか？」

「美味しい」

「そりゃ良かった」

そう微笑んで、グレンも食事を再開する。

しばらくの間、ナムルスはそんなグレンの顔を、ちらちらと上目遣いで盗み見て……

「……ありがとう」

ぼそり、と。グレンに聞こえているのかどうだかわからないような小声で、ぼそりと呟くのであった。

　──と、そんなグレンとナムルスの様子を。

「ほっ、良かった……ッ！　し、信じていたわ、先生……貴方が不純で迂闊なことをするわけないって！」

　店内の、グレン達から遠く離れた席で様子を窺っていたシスティーナが安堵の息を吐いていた。

「はむはむ……あれ？　システィーナ、グレン達がこのホテルに入った時、怒ってなかった？　絶対に許せないって……もぐもぐ」

「そ、そうだったかしらっ⁉」

　リィエルの指摘に、目を泳がせるシスティーナである。

「と、とにかく……事ここに至り、ナムルスさんがここまでヒロイン力を上げてくるとは……ルミアが戻ったら今後の対策を考えないと……ッ！」

「うん、考えるべき。わたしにはよくわからないけど。はぐはぐ……ん、ここの料理凄く美味しい。おかわりしてもいい？」

「え？　あ、うん、いいわよ。なんだか、安心したら私もお腹空いちゃったし、今夜はたくさん食べよう、リィエル。大丈夫、私がお金を出すから！」

「いいの？」

「うん、昼間の服のお礼。遠慮しなくていいから」

「やった。ありがと、システィーナ」

こうして、システィーナ達はシスティーナ達で、食事を存分に楽しむのであった。

だが、システィーナは安堵するあまり、すっかり失念していた……ここが超高級レストランであることに。

帰り際の会計の際、店内にシスティーナの悲鳴が響き渡ることになるのであった。


——そして、後日。

「くっそ、金がねぇ……見栄張ってあんなバカ高ぇ食事したからだ……」

学院で、グレンがいつものようにシロッテの枝を齧っている。

「私も今月、お小遣いがない……もうあんな所二度といかない……」

珍しくシスティーナもグレンの隣でシロッテを齧っている。

そんな、同じポーズで凹む二人を。

「二人とも、ちゃんと食べないと健康に悪いですよ？　今月は私がお弁当作りますから」

「ん」

ルミアが苦笑いで、リィエルがきょとんと見つめている。

そんなグレンのいつも通りな様子を、ナムルスは遠くから眺めていた。

『未だ人間のことはよくわからないけど……でも、あなたのことは、少しわかってきた気がする。グレン』

誰へともなくそう呟いて。

ナムルスの姿は、穏やかな凪に溶けるように消えていく。

学院は今日も平和であった——

君に教えたいこと

What I Want to Tell You

Memory records of bastard magic instructor

生きることは戦いと同義である。

何気ない日常そのものが戦争と言っても過言ではない。

ゆえに、生きる限り戦いは続く。それが人の生の真理である。

とはいえ。

腹が減っては戦は出来ぬ、とも言う。

戦争でもっとも重要なものは、戦略つまりは兵站であり、継続的な戦闘行動には先立つものが必要なわけで。

……まぁ、要するに。

「あああ、腹が減ったぁ……もう……ゴールしていいよね、俺……」

最早、人生を戦う術と気力を完全に失った負け犬のグレンがそこにいた。

ここは、学究都市フェジテのとある一角にある公園。

グレンは死んだ魚のような目でベンチに力なく横たわっている。

グレンは現在、教師生活史上最大のピンチを迎えていた。

概ねいつも通りだが、まぁ色んな不幸が重なって金がない。ついでに言えば、もう三日も食べていない。

こんな時、いつもお弁当を作ってくれるシスティーナには、これまた諸事情により愛想を尽かされた。

今回の彼女の怒りは相当なもので、〝絶対に甘やかしちゃ駄目！〟と、ルミアとリィエルにも釘を刺され、彼女達の援護も望めない。

現在、セリカはどこかへ出かけている。最後の頼みの綱であるシロッテの枝は、この季節は噛んでも樹液がほとんど出てこない。

万策は――尽きた。

「あぁぁぁぁ、パパ、ママ、先立つ不幸をお許しください……両親なんていねーけど……」

と、グレンが虚ろな目でさめざめと泣いていた……その時だった。

つんつん。そんなグレンの脇腹を、誰かが突いてくる。

「……なんだぁ？」

グレンが目を向けると、傍らに少女が立っていた。

歳の頃はシスティーナ達よりも歳下だろう。十二、三歳頃だろうか。

灰色の髪に灰色の目。ボンネットの帽子にショートケープを着用した、いかにもな姿の町娘だ。

だが、顔立ちは整っており、ただの町娘とは思えない気品がある。

そんな少女の、感情の読めないジト目がグレンをじっと見つめている。

「お、お前、そのゴミを見るような目……〝ああ、これが人生の敗北者ね。こうはなりたくないわ〟と俺を蔑み、嘲笑う気なんだろ……くそう、泣くぞコノヤロー……お前をドン引きさせてやる……これが漢グレン、最期の戦いだぁ」

などとグレンが意味不明なことを言っていると。

「どうぞ」

少女がバスケットを取り出し、グレンの前で開く。そこにはサンドイッチがぎっしり詰まっていた。

「……え？」

「私のお母さんが作ってくれたの。先生、お腹、減ってるんでしょ？」

唐突に目の前に垂らされた蜘蛛の糸に、グレンは目を瞬かせる。

「マジで……いいの？」

「うん」

空腹で朦朧としていたグレンに、冷静で常識的な判断力などない。

ただ、生きたい、死にたくない、という原初的な本能のまま、グレンは恥も外聞もなく、少女の施しを受けるのであった。

「うおおおおおおおおおおおおおおお――ッ！　その弁当を寄越しやがれぇええええええ――ッ！」

グレンはバスケットを少女からひったくるように奪いとり、号泣しながらサンドイッチを胃へねじ込むようにほおばっていく。

「生きているって素晴らしいぃいいいいいいいいい――ッ！　う、うわぁあああああああん！」

その味は、天にましまする神々の宴に並ぶ馳走にも勝ったという――

「あー、食った、食った！」

ようやく人心地ついたグレンが、改めて少女に向き直る。

「いやぁ、助かったぜ！　お前は命の恩人だ！　えーっと、お前……？」

「ウル。ウル＝ローラム。私の名前」

少女――ウルがぼそりと答える。

「ウル、か。あんがとな。俺は……」

「グレン先生でしょ。知ってる」

グレンが名乗るより先に、ウルがグレンの名を呼んだ。

「ん？　あれ？　お前、なんで俺の名を知ってんだ？」

きょとんとするグレンには応じず、ウルは淡々と言葉を続けた。

「ところで先生。このサンドイッチ……タダだと思った？　そんなの世の中を甘く見過ぎてると思わない？」

「…………え？」

グレンの頰が引きつる。

よくよく見れば、このウルという少女、どうにも外見年齢と中身が釣り合わない。内面が妙に老成している……そんな雰囲気が感じられた。

「そ、そうだよな……タダってわけにはいかねーよな。何かお礼をしねーと……でも、今の俺、手持ちが……」

グレンがしどろもどろになりながら、何もないポケットを漁っていると。

「魔術を教えて」

ウルがとんでもないことを言い始めた。

「先生は魔術の先生なんでしょ。魔術を教えて」

「はあああああああああ!?」

素っ頓狂な声を上げるグレン。

「ばっ、お前っ！　なんで俺がそんなことを⁉　さすがに、サンドイッチとじゃ釣り合い取れてねえだろ⁉」

　グレンが慌てて断ろうとすると。

「う、うわぁあああああん」

　ウルが大声で泣き始めた。

「このお兄ちゃんが、私のお弁当、食べたぁああああああー」

「ちょ、おまぁああああああ⁉」

　隠す気もない完全な嘘泣きである。ウルは泣いているポーズを取っているが、ちっとも泣いていない。目は感情の読めないジト目のままだ。

　だが、公園に集う周囲の通行人にそんなことがわかりようはずもない。

　皆、ゴミを見るような冷たい視線でグレンを突き刺してくる。

「やめろぉ⁉　弁当くれたのは感謝するが、いい加減にしろよぉ⁉」

「うわあああんー。私、知ってるもん。今、私が〝お弁当盗られたー〟って嘘泣きしながら警邏所に飛び込むだけで、先生の人生が終わるってことー。あああああああんー」

「こ、このガキャぁ……ッ⁉」

　ここまで来ると、さすがに看過できない。

「大人を舐めるなよ？　あんまりオイタが過ぎるようなら、お尻ペンペンの刑すんぞ？　大体、誰がてめぇみてーな変なガキの言うことを信じ……」

グレンがパキポキ指を鳴らしていた……その時だった。

『うおおおおおおおおおおおおおおお――ッ！　その弁当を寄越しやがれぇぇぇぇぇぇぇぇ――ッ！』

先ほどのグレンの叫びが、大音響で響き渡る。

「うぇぇぇん。偶然、ポケットに入っていた録音魔術の魔晶石に、動かぬ証拠がー。びぇぇぇん」

「……う、げ」

グレンの頬が引きつる。

「どう？」

ウルがピタリと嘘泣きを止め、グレンをじっと見上げる。感情の読めないジト目で見つめてくる。

「魔術、教えてくれるの？　くれないの？」

「…………」

　グレンは悟る。

　世の中には決して抗うことの出来ない流れというものが存在することに。

「もう煮るなり、焼くなり好きにしろよ……」

　グレンはウルに連れられて、フェジテの裏通りを歩いていく。

　フェジテのことなら隅々まで知っているグレンですら立ち入らないような、奥まった場所であった。

「人を煮たり、焼いたりするような猟奇的な趣味、私にはないし」

「そういう意味じゃねえ」

　そんな他愛のないやり取りをしながら二人が歩いて行くと、やがてこぢんまりとした家屋に辿り着いた。

「ここ。ここが私の家」

「……ん？」

　グレンがその家屋を見つめる。玄関口の上に看板が掛かっている。

「『ローラム魔道具店』……？」

「入って」

ウルに促され、グレンは店らしき建物へと入る。

すると……

「ほう」

入店するや否や、グレンは感嘆の声を上げた。

店内には、羊皮紙の巻物、スペルブックノート、魔術式構築用の水銀インク、魔力を通す水鳥の羽根ペン、各種宝石類に魔晶石、それらのカットツール、ダウジング、小型火炉に燃料、錬金術の硝子器具、等々……要するにアルザーノ帝国魔術学院に通う学生が日々魔術を学ぶために使う道具や消耗品が所狭しと並んでいる。

この店一つだけで、あらかたの学用必需品が揃ってしまうだろう。

品質も良い。おまけに相場と比べて非常に安価だ。

フェジテは知り尽くしていると思っていたグレンをして衝撃を覚える、超穴場店であった。

「う、嘘だろ……フェジテにこんな名店があったのかよ……」

グレンが周囲に並ぶ商品に目を瞬かせていると。

「あらあら、いらっしゃいませ」

カウンターの奥から一人の女性が姿を現していた。

ウルと同じく灰色の髪。ウルによく似た美しい顔立ち。将来、ウルが大人になったらこのように成長するだろうと思わせる……そんな女性だ。

「あー、ウル？　お前の姉貴か？」

「違う。お母さん」

「はっ⁉　母親ぁ——ッ⁉」

明かされた衝撃の事実に、グレンがウルと女性とを見比べる。

（ど、どこをどう見ても、俺と同い年くらいにしか見えねえ……）

グレンが頬を引きつらせながら、女性を凝視していると。

「ようこそ、ローラム魔道具店へ」

女性が気安い雰囲気でグレンへ会釈してくる。

「品揃えと品質には自信がありますから、もし、よかったら何か買っていってくださいね？」

「あ、いや、その……俺は……別に客というわけじゃ……」

「あら？　そうなんですか？」

女性が残念そうに微笑むと、ウルが言った。

「お母さん。その人、私の魔術の家庭教師。引き受けてくれるって」

「えっ!?」

ウルの説明に、女性はぎょっとしてグレンを振り返り、信じられないという表情でグレンを凝視する。

「あー、その……俺、別に怪しい者じゃなくってですね……色々と有機的で複雑な事情がありまして……もちろん迷惑だったら帰りますんで」

考えてみれば、突然、娘が連れてきた見ず知らずの男……今の自分は怪しさＭＡＸである。

何か誤解されたらまずいと思い、グレンがあたふたしていると。

女性は、たたっとグレンへ駆け寄って、その手を取り、目尻に涙すら浮かべて嬉しそうに言った。

「この子の教師を引き受けてくれて、本当にありがとうございます！　どうか……どうか、この子をよろしくお願いします！　先生っ！」

「え、ええー……？」

女性の予想外の反応に、グレンは目を白黒させるしかないのであった。

――――。

「……とまぁ、今日はここまでだ。【ショック・ボルト】の基礎魔術理論については理解したか？」

居間のテーブルの上に広げた教材を片付けながら、グレンが言った。

「うん、わかった。簡単ね」

ウルが羽根ペンでノートをまとめながら、素っ気なくぼやく。

「じゃ。道具、片付けてくる」

「ああ」

ノートや教科書をかかえ、ウルが居間から出て行く。

そんなウルを見送りながら、グレンは物思った。

（……滅茶苦茶頭良いな、あいつ）

この二時間、ウルを教えながら、ずっと思っていたことであった。

（一を教えれば十を理解するというか……これほど優秀な教え子は、白猫以来じゃねーか？　マジで）

グレンがそう思っていると。

「お疲れ様です、グレン先生」

ウルの母親——ユミスがトレイに紅茶セットとケーキを載せて、居間に姿を見せた。

「その、手作りですが……もしよろしかったら、召し上がってください」

「あ、サンキューっす」

さっそくフォークでケーキを切り分け、口に運ぶ。

「！」

途端、品が良い甘みと舌触りが口の中で爽やかなハーモニーを奏でた。

（いやいや、マジかコレ？　なんか、滅茶苦茶美味いぞ……？）

グレンが驚きに固まっていると。

「あの……先生。ところで、あの子の勉強はどうですか？」

ユミスがグレンへ紅茶が注がれたカップを差し出しながら聞いてくる。

「あー、率直に言えば天才っすね」

グレンは受け取ったカップに口をつけながら、忌憚なく返した。

「こまっしゃくれてますけど、逸材っす。このまま勉強すれば、魔術学院の特待生枠を狙えますよ、マジで」

特待生制度。学院の入学試験時に、特に成績優秀かつ将来有望とみられた生徒は、学費を免除される……そんな制度があるのだ。

「ぶっちゃけ、俺みたいなハグレもんじゃなくて、ちゃんとした家庭教師をつけるべきだと思うんすけど」

「…………」

　すると、ユミスの顔がたちまち曇る。

　俺、何かまずいこと言ったか？　グレンがそう焦っていると。

「あの子の家庭教師を引き受けてくれる先生は、今まで一人もいらっしゃらなかったんです……」

　ユミスがぼそぼそと説明を始めた。

「私、とある魔術の名家に嫁いで、そこであの子を産んだんですけど……夫……あの子の父親は本当に酷い人で」

「…………」

「自分勝手で我が儘で……少し気に食わないことがあったら、すぐに私やウルを殴る蹴る罵倒する……私はどうなってもいいんですが、ウルは一時期、本当に精神的にも肉体的にも追い詰められてしまって……一時は夫の足音を聞いただけで、過呼吸を起こしてしまう始末で……」

「マジっすか……？」

あの小生意気でしたたかなウルがそんな風になっていたとは、にわかに信じられず、グレンが目を瞬かせる。

「はい。そういうわけで、私、離婚して、ウルを連れて家を出たんです。ウルを守るために……」

「そうだったんすか。すんません……嫌なこと話させちまいましたね」

いいんです、と苦笑いしながらユミスが続けた。

「グレン先生が感じられたとおり、あの子は、できの悪い私と違って本当に頭が良い子なんです。

だから、あの子の将来のためにも魔術学院に入れてあげたいんです。

でも、見ての通り、家を出た私達は生活に余裕がなくて。

なんとか頭を下げて格安の家庭教師を雇っても、元夫が裏で手を回してその家庭教師に圧力をかけ、話を握り潰してしまうばかりで……恐らくは、私達を追い詰めて、家に帰らせようとしているのでしょうけど……」

「……酷え話だ」

魔術の勉強は、どんなに頭が良くても、習い始めの初期は特に、ちゃんと基礎を教えてくれる教師の存在が重要なのだ。それをわかっての、夫の嫌がらせなのだろう。

「でも、ウルのためにも、家に帰るわけにはいかないんです。あんな乱暴な夫と居たらウルは壊れてしまう……でも、そのためにウルの将来は閉ざされてしまって……私が不甲斐(ふがい)ないばっかりに……」

すると、ユミスがグレンを真っ直(まっす)ぐ見つめた。

「だから、私は嬉しいんです、グレン先生。貴方(あなた)みたいな立派な方が、あの子の教師を引き受けてくれて！

私、なんでもします！　だから、どうか……あの子をこれからもよろしくお願いします！　この通りです！」

深々と頭を下げるユミス。

「うーん……」

グレンが困ったように頬をかいていると。

「よかったね、先生。お母さん、なんでもしてくれるって」

道具を片付け終えたウルが、居間へと再び姿を現す。

そして、グレンに近付き、そっと耳打ちした。

「私のお母さん、超美人だし、胸も大きいし、元人妻……男なら垂涎(すいぜん)物のシチュでしょ？

喜べよ」

「俺、こんな十三歳児、嫌だ」

呆れるしかないグレンである。

「とにかくまぁ、そういうこと。私はなんとしてもあの魔術学院に入学し、特待生枠を取るの。そしていっぱい勉強して出世して、お母さんに楽な生活をさせてあげるの。私がお母さんを守るの。だから、何がなんでも、貴方に教えてもらうわ、先生」

不敵に胸を張り、グレンをジト目で見上げてくるウル。

「ま、まぁ、ウルったら……私のことなんか気にしなくていいって言っているでしょう？お母さんはただ、ウルの将来のために……お金だって、そのうちなんとか頑張って……」

「商売下手は黙ってて。今にも潰れそうじゃない、この店。最後にお客が来たの、何ヶ月前だっけ？」

「うぅうぅぅ、酷いよウルぅ……」

「ふん……」

涙目のユミスに、鼻を鳴らしてそっぽを向くウル。

そんな母子の様子を見ながらグレンは物思う。

（正直、微妙だなぁー。学院の講師が無許可で学院外で魔術を教えるのは原則禁止だし

……まぁ、許可は取りゃいいんだが、こんな様子じゃ謝礼は大して期待できそうにねーしなぁ）

だが、それでも。仲睦（むつ）まじげな母子の様子に、どうにも、子供の頃の自分とセリカの様子が被（かぶ）る。そう感じてしまったら、もう駄目であった。

「ああ、クソ！」

自分の甘ちゃんぶりに呆れながら、グレンは覚悟を決めた。

「わぁーったよ、引き受けてやる……本格的にな」

「ほ、本当ですかっ⁉　ありがとうございますっ！」

すると、ユミスがぱぁっと笑みを浮かべながら、グレンの手を取り、何度も何度もペコペコする。

「そ、その……謝礼は……い、今すぐは用意できませんけど……そのうち必ず用意しますので！　たとえ、内臓を売ってでも！　せ、先生がそうお望みでしたら、そのっ、か、かかか、身体（からだ）で支払うとかでもっ！」

「頼むから、やめてください」

顔を真っ赤にするユミスから、そこはかとなく〝本気〟を感じ取ったグレンが、青ざめながら応じた。

「別に金銭的な謝礼はいいっすよ」

「え⁉ で、でも……それじゃ、あまりにも先生に悪いです……」

戸惑うユミスの前で、グレンはケーキの皿を取って、パクついた。

「うーん、これマジで美味いっすね、ユミスさんの手作りっすよね？」

「え？ あ、はい……料理はその……私の唯一の特技というか」

「じゃ、アンタのケーキを食いに、ここに来ますわ」

肩を竦めて苦笑いするグレン。

「せ、先生……本当になんとお礼を言ったらいいのか……」

ユミスが感極まったように、祈るように手を組んで目を潤ませて。

「ふーん？ 先生、意外と度胸ないのね。私のお母さん、こぉーんなに美人でピチピチなのに。……ま、本気でお母さんに手を出す気見せてたら、即・警邏所に駆け込んだけど」

ジト目のウルは相変わらずで。

こうして、グレンと母子の奇妙な交流が始まるのであった。


それからしばらくして──

アルザーノ帝国魔術学院の二組の教室にて。

「お、おかしい……ッ！」

　システィーナが、ルミアとリィエルの前で愕然としていた。

「最近、先生の様子がおかしい！」

「そうだよね……」

「ん」

　システィーナの意見に、ルミア、リィエルが頷く。

「最近の先生、なんか放課後になると速攻で帰るよね⁉」

「そうだね……浮かれているというわけじゃないけど……なんかどこか楽しげな雰囲気で」

「そもそも、先生、この数日何も食べてないはずよね⁉　なのに、どうしてあんなに元気なわけ⁉　そろそろ土下座して謝りに来るだろうと思って、私も密かにお弁当を用意——げふんげふんっ！　とにかく、最近の先生は何かおかしいっ！」

　システィーナがそんな風に不審に思っていると。

「コレかも」

　リィエルがボソリと言って、小指を立ててみせる。

「……え？」

「カッシュ達が言ってた。こういう時……男って大抵コレなんだって」

「……………」

「でもコレ、何？　小指がどうかしたの？　怪我でもしたの？」

リィエルはいつものように、ぼんやりと眠たげであったが。

システィーナとルミアは、どこか青ざめたような表情で顔を見合わせ……互いに深く頷くのであった。

「こっちは先生の家の方向じゃない……やっぱり何かあるんだわ！」

そんなこんなで、放課後。

システィーナ達は、今日も今日とて早々に帰り始めるグレンの後をこっそりと尾行しているのであった。

自分達に音声遮断結界を張り、気配を完全に消しての本気の尾行である。

「でも、なんか随分と入り組んだ場所に来たよね……こんな場所に一体、何の用があるんだろう……？」

「うーん？」

疑問を抱く三人娘達の前方で、グレンは、どんどんと裏通りの奥へと進んでいく。

やがて、グレンはとある小さな家屋に辿り着き、迷いなくその中へと入っていった。

その玄関口の上には『ローラム魔道具店』の看板があった。

「ま、魔道具店……？　こんな場所にあったんだ……知らなかった」

「でも、グレン、あの店に何の用事があるの？」

驚きもそこそこに、三人娘達は玄関口へと近付いていく。

扉の硝子窓からそっと、中の様子を窺ってみると……


「あらあら、先生……今日もようこそいらしてくださいました」


店内で妙齢の美女が、グレンを出迎えていた。

「お、女ぁあああああああああああああああああ――ッ!?」

思わず素っ頓狂な叫びを上げてしまうシスティーナ。音声遮断結界がなかったら、即バレのところであった。

「る、ルルル、ルミア、どうしようコレ!?　本当にコレだよぉ!?」

システィーナが小指を立てて、慌ててブンブン振り回す。

「お、落ち着いて、システィ！　まだ確定じゃないよ!?　ひょっとしたら仕事か何かの用事があって――」

「私……こうして先生とお会いできる時を、一日千秋の思いでお待ちしていたんですよ……お会いすることを考えるだけで胸が高鳴って……」

「確定だコレェエエエエ⁉」

ルミアも涙目で叫ぶ。

ただ一人リィエルだけが、頭の上に、？マークを浮かべているが、システィーナとルミアは阿鼻叫喚（あびきょうかん）の大混乱中であった。

「おっと？　つーことは、今日も期待しちゃっていいんすか？」

「ふふ、もちろんです。きっと、先生を満足させてさしあげます。甘ぁい、大人の一時を貴方に……」

「お、大人の一時⁉　何それ⁉　何それぇえええ⁉」

「そいえば、ウルは？」

「娘には今、買い物に行ってもらっています。今はその……私と貴方の二人きりです。だから、今のうちに……その、食べていただけませんか？」

「食べる⁉　食べるってナニを⁉」

「いいのか？」

「はい。それに……あの子がいると色々と……何せ、あの子はまだ子供ですし……まだ、早いですしね？」

「それはやっぱりアレ⁉　子供の教育上よろしくない、大人の運動会的な意味でアレ⁉ていうか、あの人、子持ちの人妻なの⁉　爛れ過ぎでしょぉおおおおお――ッ⁉」

「悪いが今日の俺は、飢えた狼だ。がっついちまうぜ？」

「……嬉しい。先生が満足するまで、召し上がってください。先生のためなら、私はいくらでも大丈夫ですから……さぁさぁ早速こちらに……」

「ナニが狼よ⁉　胸⁉　やっぱり胸なの⁉　胸の大きさこそがこの世界の真理で全てなの⁉　うわぁああああああああ——ッ！」

女性に誘われて、店の奥の部屋へと進んでいくグレンを前に、システィーナが泣き崩れる。

「……ん。よくわかんない。結局、グレンは何をやってるの？　何を食べるの？」

「……それは、その……リィエルも大人になって、恋人ができたら、わかるかもね……」

小首を傾げるリィエルに、ルミアもどんよりとした目でぼやく。

——と、そんな三人娘達を。

「貴女達、人の店の玄関の前で何やってるの？　邪魔なんだけど」

買い物帰りで紙袋を抱えたウルが、ジト目で見つめているのであった。

————。

「食べるってお菓子のこと⁉　まぎらわしいんですけど！」

ウルに導かれ、居間に通されたシスティーナ達。

ユミスから説明を受けたシスティーナは、自分のはしたない妄想への恥ずかしさに頭を抱えるしかなかった。

「はい、先生が美味しいって言ってくれるかなって、いつもドキドキしちゃって。それに今日のお菓子は、ちょっとウルにはまだ早い、お酒を少し使った一品でして……」

「そ、そうだったんですか……」

ルミアも顔を真っ赤にしながら、恐縮するばかりだ。

「でも……まさか、あの先生が無報酬で家庭教師をするなんて……」

システィーナが頬杖を突きながら、ちらりとグレンを見る。

そこでは——


「ウル。魔術師にもっとも必要なものは何だ？　言ってみろ」

「知識。魔力。才能。お金」

「だから、違えっつってんだろ。茶化すのはやめい」

「ハイハイ、自分の意思、自分の意思……自分が何のために魔術を学び、行使するのか忘れるな、でしょ。はー、毎回毎回、もう耳タコ。何度言わせれば、気が済むんです？」

「大事なことだからだよ。それに、お前みたいな才能溢れるやつは経験上、長じるとそこがブレやすいんだよ。色んな意味で周囲がお前を放っておかないからな。残念ながら才能あるやつほど、道を間違えやすい……それが魔術師の現実だ」

「…………」

「だから、最初のうちは、たとえウザがられても俺は、口を酸っぱくして言う。お前のためだ。それが嫌なら俺はもう教えないからな？」

「わ、わかりましたよ……」

「ふっ、わかりゃいい。ほら、教科書開け。えーと、今日は……」

——と、そんな様子を、システィーナ達が眺めていると。

「本当に良い先生ですよね……」

ユミスがシスティーナ達の前に、本日のお菓子を配膳していく。

ブランデーの香りがぷんと甘く香るパウンドケーキだった。

「グレン先生は貴女達の先生なんでしたっけ？　本当に先生のお手をわずらわせることになってすみません」

「そ、それは、別に構わないんですけど……」

紅茶を口に運びながら、システィーナは疑問を口にする。

「でも、なんで先生なんですか？　ウルちゃんと先生、何か接点ありましたっけ？」

「実は、あの子。以前からグレン先生のことを知ってたんですって。なんでも、先生と貴女達がいつも一緒に賑やかに、楽しそうに登下校しているところを何度も見ていたらしくて」

「あ、それで先生が魔術講師で、悪い人じゃないって知ってたんですね」

合点がいったように頷くルミアに、ユミスが続ける。

「あの子がそうまでして、先生に教えを乞おうとしたのは、実は……」


………。


「う、うわぁああああん！　な、なんて良い子なの……ッ！」

ユミスから全てを明かされたシスティーナが号泣していた。

「うう……ウルちゃん、なんて健気なんだろう……」

ルミアも軽く涙目。

「ん。ウル、良い子」

リィエルもこくこくと力強く頷いている。

「あはは、私にもっと甲斐性があれば良かったのですが……そのせいでウルに負担をかけてしまって……色々と我慢させてしまって……」

「そんなことないですよ、ユミスさんは立派です！」

「どうか胸を張ってください」

システィーナとルミアから口々に励まされ、恐縮してしまうユミス。

そして、システィーナは決意したように続けた。

「わ、私も！　私も先生の教え子として、力にならせてください！　先生のお手伝いなら得意ですし！」

「あれ？　システィ、いいの？　もう先生とは二度と口利かないんじゃなかったかな？」

そんなシスティーナへ、悪戯っぽく笑いかけるルミア。

「ま、まだ、あの食券横領事件のことは許してないけど！　でもまぁ、こうして善行積んでるし、私もなんか大人げなさ過ぎて、ちょっと後悔してるし……もういいかなって……」

しどろもどろに呟くシスティーナ。

「と、とにかく！　私、黒魔術が得意なんです！　黒魔術ならウルちゃんに教えてあげられると思います！」

「システィーナさん……」

「私は白魔術が得意です。私もどうかウルちゃんの入学試験の力にならせてください」

「ルミアさんも……」

「ん。私は大剣が得意。入学試験のため、ウルに大剣、教えてあげる」

「リィエルさんまで……、…………それは魔術と関係ない気が……？」

と、そんな風に盛り上がるユミス達を尻目に。

「グレン先生。貴方の周りって、貴方を含めてお人好しばっかりね」

グレンの授業を受けるウルが、羽根ペンを回しながらボソリと言った。

「なんだよ急に？　つーか、俺の場合は、ただお前にハメられただけだからな？　恨みは忘れてねーからな？」

がしっとウルの頭を鷲摑みにしながら、グレンが呆れたように言う。

「うん……それは、そう……だけど……でも、先生ならあんな子供騙しの脅し……どうとでもできたでしょ？」

「…………」

「でも、それなのに……先生はこうして、律儀に私に教えてくれて……そんな義理や義務、微塵もないのに……」

グレンは黙って、ウルの独白を聞き続ける。

「うち貧乏だから、特待生枠じゃないと、私、入学できない……だから……私、あの時、本当に焦ってて……このままじゃいけないって……でも、誰も助けてくれなくて……だから、何がなんでもって……だから、私、先生に謝らないと……先生……私……」

ウルが俯いて、か細い声で何かを言おうとした、その時だった。

「袖振り合うも多生の縁」

グレンががしがしっとウルの頭を撫でて、その言葉を塞いだ。

「子供を助けるのが大人ってもんだ。ましてや、たまたま助ける余裕があるならなおさらな。そうだろ？」

「せ、先生……」

「ま、お前のお袋さんのケーキうめぇしな。お袋さんに感謝しろよ？」

どこか満更でもなく、グレンが頭を掻いて続ける。

「それよか、いくらお前が頭いいといっても、特待生枠狙うなら相当キッツい努力がいるぜ？　これからビシバシいくからな？　お前こそ、泣き言もらすんじゃねーぞ？」

「そ、そんなのもちろんよ！　私は絶対に、特待生枠であの学院に入学するんだから！」

「へっ、良い返事だ」

ウルの気迫に、グレンがニヤリと笑うのであった。


それから。

グレンや三人娘達、ユミスとウルの穏やかな交流が始まった。

学院の放課後、定期的に『ローラム魔道具店』に集まり、ウルの勉強会が開かれる。

グレンが主導でウルに勉強を教え、システィーナ達も学院の宿題を、ウルと一緒にこなしていく。

ウルがつまずく細かなところは、宿題を解く片手間に、システィーナやルミアが補佐する。システィーナ達にとっては、ウルは未来の後輩だ。自然と指導にも熱が入る。

また、ウルはグレン達に学んだことを、宿題がちっとも進まないリィエルを相手に教えることで、より自身の理解を深めていくこともできた。

「ねぇ、グレン。ウルの説明、わかりやすい。お陰で宿題終わった」

「……リィエル。お前、それでいいのか……？」

何かが激しく間違っているような気もするが、それがウルのためになるなら何も問題はないだろう。

勉強会が終われば……

「皆さん、お茶が入りました。今日は苺タルトですよ～」

ユミスが作ったお菓子で、皆でお茶会だ。

少々歳の差があるとはいえ、ウルも女の子。こうして何度もお茶を囲むうちに、システィーナ達三人娘の輪に、ウルはあっという間に馴染んでいくのであった。

「ぶっちゃけ、先輩らって、いつ先生にコクるんです？」

「ぶ――っ⁉」

「な――ッ⁉」

ウルの爆弾発言に、システィーナとルミアが盛大にお茶を噴く。

「う、ううう、ウル⁉　貴女、何を言って――ッ⁉」

「わ、私達は別にそんな……っ！」

「いや、ぶっちゃけ、見ててバレバレなんですけど」

「あは、あはは、そうかな？　ウルちゃんは本当におませさんだね……」

「いや、そんな風に歳上ぶって余裕風吹かせてる場合じゃないと思うんですけど。先輩ら、危機感足りてなくないですか？　そんなんじゃ、ぽっと出の後発ヒロインに、先生、あっさりかっさらわれるかもですよ？」

「う、ぐ――」

「え、ええと、それは……」

ちらりと、システィーナとルミアの脳裏を過ぎる赤髪の女性の姿。

あり過ぎる心当たりに、二人がしどろもどろになっていると。

「はー、先輩らがそう手をこまねいているから、また新たなライバルが増えるかもしれない事態になっちゃってるんですけどねー」

ウルがそんなことをぼやきながら、ちらりと視線を移動させる。

その先には──

「あらあら、そんなことが学院で？」

「そうなんすよ。ったく、あいつらと来たら、本っ当に世話が焼けるっていうかさぁ……」

「ふふっ、先生のクラスは、本当に賑やかで毎日が楽しそう……」

──少し離れた場所で、グレンとユミスがお茶を片手に談笑している。

グレンを穏やかに見つめながら、楽しそうに話すユミスの頬は、ほんのり薔薇色になっており、その様子はまるで──

「ちょ、ちょっと、冗談よね⁉　だって、ユミスさんって、元人妻でしょ⁉　そ、そんなことって……」

「いやー、我が母親ながら、わりと有り得ますねー。年甲斐もなく乙女チックなとこありますし、何よりまだ28ですし。私も先生が相手なら、再婚、別にいっかなって思ってますし」

　満更でもなさそうにウルが言う。

　すると。

「る、るるる、ルミアっ！　か、かかか帰ったら作戦会議よ⁉」

「う、うんっ！　そうだね！　イヴさんといい、ユミスさんといい、これ以上、ライバル達の攻勢を許すわけにはいかないもんねっ！　私達もそろそろ動かないとっ！」

　お目々をぐるぐるさせながら、システィーナとルミアが慌て始めた。

「ははっ、先輩ら見てると飽きないですわー」

　そんな様子を、ウルが愉しそうに眺めている。

「ねぇ、ウル……この苺タルト、すっごく美味しい……」

　一方、リィエルはシスティーナ達の騒ぎなどそっちのけで、目をキラキラさせて苺タルトに夢中だった。

「リイエル先輩はまだ、色気より食い気なんですねー。はい、私の分もあげます。どうぞ」

「いいの？」

「ええ。私はいつでも食べられるし」

「ありがとう。ウル、いい子。ん。もしウルが入学したら、いっぱいお世話する。……センパイとして」

「どっちかというと、私の方が先輩のお世話をしそうですけど……」

苦笑いしながら、周囲の賑やかな様子を見渡すウル。

父親の暴力に耐えかね、逃げるように家を出て以来、母親と二人きりで過ごしてきたウル。

母親さえいれば、そんな生活に別に不満はなかったけど……それでも今のこの少し賑やかな生活は悪くない。

本当に悪くないのだ。

（……あの時……恐かったけど思い切って、勇気を出して、先生に声をかけて本当によかった……）

母親と談笑するグレンを、ウルはじっと見つめる。

そして、密かに心の中で強く思うのであった。

（ありがとう、先生。私、がんばるから……）

そんな穏やかな日々が、ゆっくりと過ぎていく。

そして――


「ふふっ、ウル。今日も先生達がいらしてくださる日ね。そろそろ、準備したらどう？」

「大丈夫。もう少し、手伝う」

ローラム魔道具店内で、掃除や商品整理を行う母子の姿があった。

「お母さん、最近は仕事、忙しくなってきたんでしょう？」

「ふふ、そうね。嬉しい悲鳴ね」

ユミスの商品に対する目利きは確かだが、立地条件と商売下手さ――特に宣伝戦略のなさで、この店は少し前までは閑古鳥が鳴いていた。

だが、今はそれなりに客が入るようになっている。

良質の魔術必需品がわりと安価で手に入ることを、グレン達が学院で宣伝してくれたおかげであった。

学院の生徒達が客としてよく足を運ぶようになったのである。

「おかげで、最近は少し生活にも余裕が出てきたし……貴女の勉強も順調……本当に、先生様々ね」

頬を赤らめ、嬉しそうに微笑むユミス。

そんなユミスを、ウルはジト目で見つめ、ふいっと目をそらす。

そして、髪の毛を指でくるくるしながら、どこか素っ気なく言った。

「で？　実際どうなの？　お母さん」

「え？」

「先生よ、グレン先生。お母さん、まだ全然若いし、アリだと思うよ。私も別に先生が相手なら文句ないし」

ユミスはしばらくの間、そんな娘を目をぱちくりさせながら見つめ……やがて、ふっと相好を崩す。

「ふふ、大丈夫よ、ウル。お母さん、ウルから先生を取ったりしないわ」

「な——ッ!?」

途端、ウルが茹でダコのように真っ赤になって、ユミスを振り返る。

「な、なな、何を言って——ッ!?」

「むしろ、ライバルは私じゃなくて、システィーナさん達よ？　先生は素敵な方だから、ウルもしっかりしないとあっという間に取られちゃうわ」

「だっ、だだだ、だからっ！　私は全然、そんなんじゃ——ッ⁉　何を勘違いしてるわけっ⁉」

ウルが声を荒らげて、何か焦ったように否定する。そんな愛娘を見て、ユミスが微笑む。

平和で穏やかな空気が店内を満たしていた……そんな時だった。

からん、からん……

玄関口が開かれ、鐘が鳴った。

複数の人の気配が、店内へと入ってくる。

「あ、先生達かなっ⁉」

強引に話題を打ち切り、ウルが玄関口の方へ逃げるように駆け出す。

「いらっしゃい、先せ——、え？」

だが、入店した連中を目の当たりにした、その瞬間。

ウルは目を絶望の色に染め、石像のように固まっていた。

入店してきたのは数名の男。

その先頭に立つ、恰幅の良い男が、ニヤリと凄絶な笑みを浮かべて、ウルを見つめた。

「はっ、久しぶりだな、我が娘」

――――。


「ちぃ～っす」

グレンがいつものようにローラム魔道具店へとやってくる。

「まったくもう！　先生ったら、今日は完全に遅刻じゃないですかっ！」

「まぁまぁ、仕方ないよ。今日は学院講師としての仕事があったんだから」

「そ、そりゃそうだけどさ……」

「……ん。今日のユミスのお菓子、すごく楽しみ」

グレンに続き、システィーナ、ルミア、リィエルも続々と入店する。

「……ん？」

すると、グレンは店内のいつもと違う、不穏な様子に気付いた。

「なんだこりゃ？」

常に整然と片付いていた店内が荒れている。まるで乱闘でもあったかのように、所々商品が崩れている。

　そして……

「…………」

　商品が散らかる床の真ん中で、ぺたんと座り込み、俯いているユミスの姿があった。

「ユミスさん⁉」

　慌ててグレンが駆け寄り、ユミスの肩を叩いた。

「どうした⁉　一体、何があったんだ⁉　ウルはどこへ行った⁉」

「ぐ、グレン……先生……」

　ユミスが顔を上げる。

　ユミスは、声もなく泣いていた。

「あ、ぅ……ぐすっ……ひっく……ウルが……ウルがぁ……ぁあああああ」

　グレン達の姿を見るや否や、ユミスは顔に両手を当てて、泣き崩れるのであった。

「クソッ！　なんてこった！」

　なんとかユミスを落ち着かせて、事情を聞くや、グレンが怒りのあまりに吐き捨てる。

「ひ、酷い……今さら、親権をかっさらっていくなんて……ッ！」

システィーナも憤懣やるかたない様子であった。

先刻、ユミスの元夫でありウルの父……ダルカンがやって来て、ウルを連れて行ったのだ。

家を継ぐ後継者が必要になったか、あるいは気まぐれか。とにかく、ダルカンはあまりにも唐突に、ユミスからウルを奪ったのである。

当然、ユミスは拒否した。

だが、ダルカンはこの日のために散々裏工作したらしく、ユミスの親権は失効とされ、今はダルカンに移ってしまっているらしい。

その証拠書類を見せられては、ユミスには手も足も出なかったのである。

「それにあの人は、子飼いの魔術師達を連れていて……私、どうしようもなくて……」

「待ってくれ、ユミスさん」

グレンが一点だけ、その話に納得いかない箇所を発見し、問う。

「子供の親権移譲の際には、子供の意思と同意も必要になるはずだ。いくら法的に親権を奪っても、子供がそれを拒否すれば無効だ。ウルがアンタを選ばないわけが……」

すると、ユミスは生気が抜け落ちた表情で、ぼそぼそと言った。

「ウルは……あの子は……父親に逆らえないんです……」

「……ッ⁉」

「前にも少し言ったと思いますが……あの子はかつて日常的に父親から暴力を受けたせいで、父親の言うことに逆らえない……父親が来いと脅せば、ウルはもう……従うしかないんです」

「〜〜ッ⁉」

グレンが歯噛みする。

そんなグレンの前で、ユミスがさめざめと泣き始める。

「ぐすっ……ごめん……ごめんね、ウル……駄目なお母さんで、本当に……ひっく……ぐすっ……」

そんなユミスの悲痛な姿を見た三人娘達がグレンを一斉に見る。

「……先生」

「ああ、わかってる」

グレンは決意を瞳に漲らせて、立ち上がるのであった。

────。

とある通りを、ウルとウルの父ダルカンが手を繋いで歩いている。

その周りを数名の魔術師達が固めており、ウルに逃げ道はない。

もっとも——

「いやぁ、ウル。こうして親子水入らずで歩くのは久しぶりだな。嬉しいだろ？　なぁ？

嬉しいって言えよ」

「は、はい……」

真っ青になってガタガタ震える今のウルに、逃げ出す気力など微塵もなかったが。

そんなウルの顔や手足のあちこちに、殴られたかのような痣がある。

道行く人々は、そんな痛ましいウルの姿を不安げに見つめている。

だが、そんな視線などどこ吹く風、ダルカンは不機嫌そうに言った。

「なんだ？　お前。実の父親と歩いてるってのに、ちっとも嬉しそうじゃないな？

え？」

「そ、そんな……っ！　う、嬉しい……本当に嬉しいです……ッ！」

びくりと震えてウルが縮こまる。

「だから、殴らないで……ッ！　もうやめて……ッ⁉」

「あ？　なんで俺が悪いみたいなんだよ？　聞き分けのない子供を躾けるのは親の義務だ

ろうが」

　ばしっ！　ダルカンの平手がウルの頭を叩く。

「ひいっ⁉」

「ま、今日の俺は機嫌がいい。お前もそうだろ？　俺と離婚した貧乏臭いバカ女の下を離れることができて、お前も嬉しいだろ？　な？」

「う……ぅ……」

「結局、お前は俺のところにいるのが幸せなんだよ。なんだかんだで、俺の優秀過ぎる血を受け継いだ子だからな。だから、お前を俺の家を継ぐに相応しい立派な魔術師にしてやるからな？　ほら、喜べよ。なぁ？」

　べし、ばしっ！　ダルカンの平手がウルの頭を叩く。

「……ぁぁあ……やめて、痛い、叩かないで……」

　もうウルの恐怖と絶望は、はち切れんばかりであった。

　ダルカンの平手が、ウルの頭を激しく叩く音に合わせて、ひゅっ、ひゅっと、ウルが過呼吸に陥り始める。

　と……その時だった。

「……待てや、コラ」

そんな一行の前に立ちはだかった男がいた。

グレンであった。

「せ、先生……？」

ウルがそんなグレンを、涙で腫らした目で見つめて……

「誰だ？　お前」

いかにもウザそうにダルカンが、グレンを流し見る。

「俺は、その子の親権問題関連を担当していたユミスさん側の弁護士だ！　今回の親権移譲について話がある！」

「はぁ？　弁護士？　あの女に雇う余裕あったのか？　まぁいい」

すると、ダルカンが嘲笑を浮かべながら、書類を取り出した。

「残念ながら、親権の移譲はこの通り正式な手続きで終了してるんでね。お前の出る幕はないぞ？　弁護士」

その書類を見た瞬間、グレンが反論する。

「そっくり返すぜ？　法務院生活課の認可箔押しがねえ、そんな偽造書類の出る幕もねえってな。金がなくて弁護士雇えねえユミスさんなら、まんまと騙せるとでも思ってたか？社会、ナメ過ぎじゃね？」

すると、ダルカンがあからさまに、舌打ちする。

「……それがどうした？　たまたま、今回は何かの手違いで書類に不備があったようだが……次はちゃんと書類を揃（そろ）えてくりゃいいだけの話だろ？」

「………」

グレンが押し黙る。

そう、これはイタチごっこなのだ。この男は金と権力に物を言わせて、いくらでも手続きを偽造するだろう。次はもっと精度の高い偽造で。

そんなレースをされたら、元々弁護士でも法曹でもないグレンに勝ち目はない。

だから、この件の突破口は、最初からたった一つなのだ。

「……本人の……被監護側のウル自身の意思を改めて聞きたい」

「！」

グレンの言葉に、ウルが目を見開き、ダルカンがほくそ笑む。

そう。親権の所在の最終決定権は、被監護者――つまり子供であるウルにある。

「ウル。お前は、お袋さんとクソ親父（おやじ）……どっちと一緒に暮らしたい？」

グレンが静かに問う。

普通なら、これであっさりと終わる問題なのだ。

だが、ダルカンは勝ち誇ったようにウルへと言った。

「あー、もちろん、俺だよな？」

「～～ッ!?」

途端、ウルが震える。

ダルカンはウルの肩に手をのせ、ぎりぎりと万力のように力を込めて、ウルの肩を締め上げていく。

「いっ、ぎ……ッ!?」

苦悶に歪むウルの顔。

「だって、あんな貧乏臭いバカ女のところに居るより、俺のところに居た方がよほど贅沢できるしな？　おまけにあのバカ女と俺……子供の規範となるべき親として優れてるのはどっちか、明白だろ？」

「あ……ぅ……ああ……」

「何、黙ってるんだよ？　早く答えろよ……俺だって言えよ。なぁ？」

「……い、痛……う、うぅ……」

ぎりぎりぎり……肩の骨が軋み、ウルが、顔をさらに苦痛に歪める。

ウルの恐怖と絶望はすでに、完全に許容量を振り切っていた。

ゆえに——ウルはそれらから逃げるように、言葉を紡ごうとする。

「わ、私は……お、お母さん……より……お、お父さん……の……方が………あ……ぁ……」

法的拘束力を持つ致命的な言質が、ウルの口から突いて出ようとしていた……まさに、その時であった。

「ウル！　魔術師にもっとも必要なものは何だ⁉　言ってみろッ！」

「——ッ⁉」

グレンの叫びに、ウルが目を見開いた。それは——グレンがウルへ授業を行う前に、いつも繰り返していた問いかけだった。

「そもそも、お前、魔術師になりたいのは、なんのためだったんだよ⁉　思い出せ！　お前、なんのために俺から習ったんだよ⁉　そんなことすらわからんバカに教えていたつもりは、俺、微塵もねえぞ⁉」

「……そ、それは……」

「この世界は残酷だ！　結局、最終的に自分を守ってくれるのは、自分しかいねえ！　俺もユミスさんも、いつまでも、お前を守ってやれるわけじゃねえ！」

「せ、先生……」

「だが——お前はまだ子供だ！　自分の身は自分で守れとまでは言わねえ！　だから、せめて大人に対してお前自身の意思をちゃんと示せ！　勇気を出して、お前の意思で手を伸ばして、助けを求めてみせろ！　そうしたら……今はまだ俺が守ってやるッ！　それが大人ってもんだッ！」

まくし立てるグレンに、ウルの震えが止まる。虚ろだった目に光が徐々に戻って来る。

「はー、うざ。なんだ？　アンタ、弁護士じゃなかったのか？　教師？　わけがわからんな……」

予想外の事態に、ダルカンが苛立ったように頭を掻き、ウルの首を掴む。

「何やってんだよ、グズ。さっさと宣言しろよ。どっちについていくか。ほら、父親の言うことは絶対だろ？」

ギリギリ……とダルカンがウルの首を締め上げていく。

だが、ダルカンが余裕と確信を満面に浮かべていた……その時だった。

「……誰が」

「ん？」

ウルがダルカンを、キッと涙混じりに睨み付けて。

「誰が、お前なんかについていくもんか……ッ！」

「な……ッ⁉」

「私は……お母さんがいいっ！　お前みたいなクソ野郎、絶対やだッ！　嫌だ嫌だ嫌だッ！　だから、先生……ッ！　お願い、助けてよぉっ！」

「て、てめぇ……ッ⁉　親に向かって——ッ⁉」

瞬間、ダルカンの脳が沸騰し、ウルへ向かって拳を振り上げる。

びくりと震えて、身を縮こまらせるウル。

だが——

「ＯＫ。言質取ったぜ？」

どぱぁんっ！

刹那、疾風のように距離を詰めたグレンの拳が、ダルカンの顔面の真芯を盛大に捉えていた。

「ぎゃあああああああ——ッ⁉」

吹き飛んでいくダルカン。

呆気に取られる周囲の取り巻き達。

「へっ……やればできるじゃねーか、ウル。後は俺に任せな？」

グレンは、目を瞬かせるウルを背中に守るように立ちはだかる。

「て、てめぇ……ッ！　この俺にこんなことしておいて、タダで済むと思うなよ……ッ⁉」

顔を真っ赤にしてダルカンが起き上がり、叫ぶ。

「やれっ！　そいつをぶっ殺せ！　我がガーレーン家の力を思い知らせてやれッッッ！」

ダルカンの叫びと共に、周囲の取り巻き達がグレンへ手を向け、一斉に攻性呪文(アサルト・スペル)を唱え始める。

ダルカン自身も、呪文を唱える。

だが――

「ざぁーんねんでした、当店での魔術の使用は禁止されておりまぁす！」

「ぐわっ⁉」

「な、なんで……ぎゃあっ⁉」

なぜか呪文は起動せず、取り巻き達は次々とグレンに殴り倒されていく。

グレンの手には一枚のアルカナが握られていた。

そして――

「ひ、ひぃっ⁉」

取り巻き達はあっという間に片され、怯(おび)えて縮こまるダルカンの胸ぐらを、グレンが摑み上げて凄んでいた。

「おい。これは証拠として、俺がもらっておくからな？」

グレンはダルカンから偽造文書を奪い取り、突きつけた。

「言っておくが、公文書の偽造は重大な犯罪だ。それに――」

グレンは魔晶石をポケットから取り出し、それを見せつける。

「録音魔術で、さっきまでのウルとお前の会話も遠隔的に記録させてもらった。合わせて出すとこに出せば、アンタの社会的地位なんてあっという間に崩壊だ。わかるだろ？」

「そ、そんな⁉　ちょ……ま、待って……待ってくれ……ッ⁉」

「それが嫌なら、あの母子から手を引け。二度と姿見せんな、失せろ！」

どんっ！

グレンはダルカンを突き飛ばす。

最早、ぐうの音もでず、ダルカンとその取り巻き達はふらつきながら、慌ててその場を去って行くのであった。

「ったく、クズが」

それを呆れたように見送るグレン。

「せ、先生……」

ウルが呆けたようにグレンの背中を見つめていると。

ぽん……そんなウルの肩を誰かが叩いた。

振り返れば……

「よく頑張ったわね。偉いわ」

安堵したように息を吐くシスティーナ、ルミア、リィエル。

そして……

「……う、ウル……」

口を押さえて、涙を浮かべて震えているユミスの姿があった。

「皆……お、お母さん……」

すると、ウルは普段のすまし顔をグシャグシャに歪め、ユミスに抱きついて大泣きするのであった。

「お、お母さぁん！　うわぁあああああああああああん！」

歳相応に泣きじゃくるウルを、優しく抱きしめ、頭を撫でるユミス。

グレン達は、穏やかに笑みを浮かべながら、顔を見合わせるのであった。

――――。

そして──

「皆さん、少し休憩しませんか？　今日はチョコケーキですよ～」

「あっ、ありがとうございます、ユミスさん！」

「苺タルトは？」

「ふふ、苺タルトもありますよ、リィエルさん」

今日も、ローラム魔道具店で賑やかな勉強会が開かれている。

ユミスが差し入れに出したお菓子に、三人娘達は大喜びだ。

「……ったく。お前ら、お菓子食いに来てんじゃねーんだぞ」

グレンはそんな光景を呆れたように流し見ながら、教科書を閉じる。

「先生がそれ言う？　お母さんのお菓子で家庭教師、引き受けたくせに」

「ぐ……うるせえ。忘れろバカ」

相変わらずジト目で皮肉げなことを言うウルに、グレンがぼやく。

「しかし、まぁ……勉強は順調だな。実践の方も案の定、優秀だし……特待生枠はマジで夢じゃねーなコレ」

「当然よ。私、絶対にあの学院に入学するんだから」

ウルがつんとすまし顔で言う。

「だな。お袋さんのためだもんな。親孝行か……ったく、泣かせるじゃねーか、おい」

グレンが笑いながら応じる。

すると。

「それもそうだけど……今はその……他にもう一つ理由、あるし……」

そんなことをもにょもにょ言いながら、ウルがグレンへ上目遣いの視線を送る。その頬は心なしか赤い。

「どうした？　もう一つの理由？　なんだそりゃ？」

わけがわからないグレンが、キョトンとしながらそう返すと。

「はぁ～……」

ウルは盛大にため息を吐いた。

「これは先輩達が大苦戦するわけだ」

「おい、ウル……お前、さっきから何言ってんだ？」

「……なんでもない」

ウルはどこか不機嫌そうに、ぷいっとそっぽを向いてしまうのであった。

「ま、今の私は子供だし、全然、力不足みたいだけど。そのうち、先生にあっと言わせてあげるから」

「おう、言わせてくれ。楽しみにしてるぜ？」

「……ほんっとうに鈍い人……」

「……？」

やはり小首を傾げるしかないグレンを余所に、ウルはチョコケーキを口にする。

本日の母親の味は、とても甘くほろ苦かったのであった。


後に。

アルザーノ帝国魔術学院に、特待生枠で、とある小生意気な後輩が入学することになるのだが……それはまた別の話である――

迷子の戦車

The Tank was a Lost Child

Memory records of bastard
magic instructor

「いいいいいいやぁあああああああああああ──ッ！」

それは──戦場を駆ける一条の青い閃光だった。

押し寄せる死者の津波を真っ二つに割って押し返す、希望の旋風だった。

彼女は一見、小柄で華奢な、年端もいかない少女。

だが、一度大剣を持って最前線に立てば──鬼神無双。

振るう大剣が、折り重なって押し寄せる死者の群れを真っ向から薙ぎ払い、押し返し、斬り伏せ、そして吹き飛ばす──

天の智慧研究会の最終計画『最後の鍵』作戦の発動。

アルザーノ帝国が大混乱極まる最中、突然、置き手紙を遺して姿を消してしまった、アルザーノ帝国魔術学院教授にて、第七階梯魔術師、セリカ＝アルフォネア。

そんな彼女を追って、グレン、システィーナ、ルミアが旅立って──三日。

ルヴァフォース聖暦１８５３年グラムの月28日。

ついに、帝都から攻め上ってきた《最後の鍵兵団》──世にも悍ましき死者の大軍勢が、学級都市フェジテに到達する。

地平の果てを覆い尽くすような死者の群れに対し、フェジテを防衛する帝国軍は圧倒的に数に劣っている。

しかも、斥候隊の報告によれば、今、攻め上ってきた《最後の鍵兵団（ウルティムス・クラーウィス）》は、まだ本隊ではなく、尖兵（せんぺい）隊に過ぎないのだ。

フェジテの誰もが、このまま死者の群れに踏みつぶされ、蹂躙（じゅうりん）しつくされることを想像し、絶望しかけた——その時だった。

一人の少女が、そんな押し寄せる《最後の鍵兵団（ウルティムス・クラーウィス）》の前に立ちはだかったのだ。

「はぁああああああああああああああああ——ッ！」

裂帛（れっぱく）の気迫と共に放たれる、少女の大剣一閃（いっせん）。

どっ！　吹き飛ぶ死者の軍勢の一角。

ただの剣の一振りで、瞬時に何百もの死者を斬って捨てるその剣技は、最早（もはや）、尋常の物ではない。剣のリーチも威力の限界も、何もかもあったものじゃない。

〝振るう剣先に金色の光が見える〟——とは、その少女の弁だが、その金色の光とやらが見える者は誰もいない。

ただ、厳然たる事実として、少女はその有り得ない剣技を為し、その有り得ない剣技をもって、死者の軍勢を押し返す。

そして——そんな少女の獅子奮迅の戦いに、萎えていた帝国軍の心に活が入る。

〝彼女に続け〟

誰が言ったか、その言葉。

だが、今やそれは、絶望的な状況で帝都を守護する帝国軍兵士達の合い言葉だ。

常に一番苦しい最前線に立って戦い続ける彼女の姿は、誰しもに勇気を与えたのだ。

帝国軍は、その少女を旗印に決死の戦いを展開し、呆れるほどの戦力差が存在する《最後の鍵兵団》の侵攻を、完全に防ぎきっていたのである。

そんな。

今や、フェジテの、帝国全ての希望となった、その少女の名は。

この絶望的な状況を支え続ける希代の英雄の名は。

帝国宮廷魔導士団特務分室、執行官ナンバー7《戦車》のリィエル＝レイフォードといった——

「やぁあああああああああああああぁぁぁぁ——ッ！」

今日も今日とて、リィエルは戦い続ける。

津波のように押し寄せて来る死者の軍勢を前に一歩も退かず、大剣を振るい続ける。

敵は一匹たりともフェジテへ通さぬとばかりに押し返し、倒し続ける。

帝国軍の先頭に立ち、最前線で戦い続ける。

——そんな最中。

剣を振るいながら、リィエルは思った。

(身体が軽い……力がわく……)

大剣を横一文字に一閃し、迫る死者の人垣を再三、再四と吹き飛ばす。

リィエルがチラリと前を見れば、今、リィエルが吹き飛ばした死者達すら呑み込む、圧倒的な死者の群れが後から後から押し寄せて来る。

リィエルは人より鈍いだけで、決して感情のない人形ではない。

差し迫る危難や死の前には、当たり前のように恐怖を感じる、普通の人間だ。

実際、以前、ジャティスと対峙した時は、全身が震えるほどの恐怖を覚えた。

「…………」

改めて、先方から迫り来る敵の第二陣を見やる。

何千だろうか、何万だろうか。

こんな大軍と最前線で対峙すれば、さしものリィエルとて当然、恐怖はある。ないわけがない。

だというのに——

（……わたし、どうしたんだろう……？）

不思議な気分だった。

怖いはずなのに……怖くない。

それどころか、敵の数が増えれば増えるほど、身体が熱くなる。

何がなんでも、ここは通さない……そんな風に、心が、魂が咆哮（ほうこう）するのだ。

（……一体、どうしてだろう？）

そんなことをぼんやりと考えながら、リィエルが呼気を整えていると。

大挙をなして死者の軍勢の第二陣が、目と鼻の先まで迫って来る。

「ふ——」

地を蹴り、大剣を振りかざしながら、リィエルが突進を開始する。

そして——

「いいいいいやぁあああああああああああああああ——ッ！」

大剣一閃。
剣先に迸る眩き金色の剣閃。
それは理屈と次元を超えて、織りなす死者の群れを真っ二つに割る。
こうして再び壮絶に大剣を振るいながら。
リィエルは、この胸に熱く燃える何かの正体を、ぼんやりと考え続けるのであった――

――――。

――――。

――。

――それは、この《最後の鍵兵団》の侵攻より、約二、三年前の話。
グレンがふと見上げると、透明な溶液で満たされたガラス円筒の中で、一糸纏わぬ姿の少女が死体のように眠っていた。

今、彼女は一体、どんな夢を見ているのだろうか？

この胸に漂う空虚から逃避するため、グレンはそんな無意味な想像を働かせるしかなかった。

ここは、アルザーノ帝国に仇為す魔術結社、天の智慧研究会の隠し研究所の最深部——希代の天才錬金術師、シオン＝レイフォードの研究室。

アルザーノ帝国北方イテリア地方、年中雪に覆われるシルヴァスノ山脈間の盆地に広がる大針葉樹林樹海の中に隠されていたその研究所の制圧と、その研究室の魔術実験データ・サンプルの押収。

それが今回、帝国宮廷魔導士団特務分室執行官ナンバー０《愚者》のグレン＝レーダスに下された命令だ。

だが、今回の作戦に際し、グレンにはもう一つの思惑があった。

それは——この研究所に所属する天の智慧研究会の三名の構成員、シオン＝レイフォード、イルシア＝レイフォード、ライネル＝レイヤーの帝国側への亡命の手引きだ。

生命を冒瀆する己の魔術研究の罪深さを悔い、自分が知りうる限りの組織の情報と自分の命とを引き替えに、妹のイルシアと親友のライネルだけは助けてくれ……そんなシオンの願いを受け、グレンは自身に可能な限りの善処をした。

シオン、イルシア、ライネルの三人を救うために綿密な計画を立て、亡命後の裏工作をし、今回の任務に望んだ。

せめて、自分の手の届く範囲内は救おうと万全の態勢で任務に挑んだ。

だが、結果は——

「すまん、シオン……本当にすまん……何もかも一手遅かった……」

グレンは眼前のガラス円筒から視線を横に滑らせ、研究室の壁際へと向ける。

そこには、人の好さそうな赤毛の青年——シオン＝レイフォードが、壁に背を預け、ぐったりと座り込んで頭を垂れている。

その左胸部には大量の血痕。恐らく誰かに刺されたのだろう——周囲の床にまで広がる血の池を見るまでもなく、すでにこと切れている。

シオンだけではない。

ここに忍び込む道中、グレンはシオンの妹イルシアの最期も看取ってきた。

雪が積もる針葉樹林の雪原で遭遇したイルシアは、組織の追っ手の追撃によって全身を負傷していた上、背中に受けた深い刺し傷がどうしようもなく致命傷だった。

手の施しようもなく、グレンの前でイルシアは逝ってしまった。

そして、ライネルは行方不明。この研究所から忽然と姿を消してしまっている。逃げ延びたのか、それともすでに人知れずどこかで殺されたのか。グレンには見当もつかない。

グレンが来る直前に、一体、ここで何があったのか……グレンは失敗したのだ。

だが、動かしようのない事実として――グレンは失敗したのだ。

また力及ばず救えず、零し落としてしまったのだ。

「……くそ……」

自分の無力さに打ちのめされる。最近は、こんなことばっかりだ。

いい加減、キツい。辛い。苦しい。

手はいくら伸ばしても全然足りず、力はいくらつけても全然足りない。

そんなグレンを嘲笑うかのように、次々と露わになる魔術世界の闇。

自分が大好きだった、憧れていた魔術こそが、この世界の秩序を破壊する諸悪の根源
――その単純な真実が嫌になる。

それでも、グレンは誰かを救うために歩み続ける。歩み続けなければならない。

だって、自分は――まだ、『正義の魔法使い』を諦めていないのだから。

「グレン、首尾はどうだ？」

と、その時。

不意にグレンの背中に声がかかった。

いつの間にか、この研究室の出入り口扉の前に、一人の男が現れていた。

鷹のように鋭い双眸が特徴的な、長髪、長身痩軀の青年だ。

帝国宮廷魔導士団特務分室執行官ナンバー17《星》のアルベルト＝フレイザー。

今回のこの外法研究所の制圧任務に、グレンと共にあたったメンバーの一人である。

「此方は帝国軍の突入部隊と連係し、すでに全区画の制圧を完了している。後は――」

アルベルトが、呆然と立ち尽くすグレンの傍へ歩み寄る。

すると、アルベルトの視界にも、すでにことされたシオンの姿が映った。

しばらくの沈黙の後、アルベルトがボソリと呟く。

「……そうか、駄目だったか」

そして、アルベルトはシオンへ黙祷を捧げ、十字の聖印を切るのであった。

「仕方あるまい。お前は限られた条件下でよくやった」

「………」

「撤収だ。急げ。後で酒くらいは付き合ってやる」

そうぶっきら棒に言って。

アルベルトは、室内の研究データの押収作業を開始しようとして――それに気付いた。

それ――巨大なガラス円筒内に眠る、少女の存在に。

アルベルトがグレンの隣に並び立ち、ガラス円筒を見上げる。

そして、ガラス円筒の傍にあるモノリス型魔道演算器を手早く操作し、ガラス円筒内に眠る少女の各種データを超速で確認し始める。

「まさか……完成していたのか？　『Project : Revive Life（プロジェクト リヴァイヴ ライフ）』……」

常に氷のように冷静なアルベルトが、珍しく表情を険しくしていた。

そう、『Project : Revive Life』……それはあってはならない禁忌の魔術。一人の人間を、魔術的に再錬成・再構築することで復活させるという、人の領分を超えた禁呪。

どんな人間でも、好きなタイミングで、自由に蘇（よみがえ）らせることができる……そんなことがまかり通れば、この世界が根底から滅茶苦茶（めちゃくちゃ）になってしまう。

ましてや、それが天の智慧（ちえ）研究会などという邪悪極まりない組織が掌握してしまったその時には……

「……髪一重だったな」

アルベルトが鼻を鳴らして、淡々と言った。

「ここに存在する、錬金術師シオンの全研究データは『シオン・ライブラリー』として、俺達で余さず回収し、軍で厳重管理する。そして――」

すっと。

アルベルトが感情のない顔で、ガラス円筒を左手で機械的に指差す。

予唱呪文の時間差起動。

呪文なしで起動された黒魔【ライトニング・ピアス】の稲妻が、アルベルトの突き出した左手の指先に漲って。

まさに、雷槍がその指先から少女へ向かって発射されようとしていた——その瞬間。

グレンがそのアルベルトの左手を摑んでいた。

「…………」

「…………」

しばらくの間、二人は無言で硬直していた。

だが、やがて、しびれを切らしたように、アルベルトが小さく嘆息し、言った。

「……お前のそれは自己満足ではないのか？　グレン」

「…………」

「現実的に……救いが救いをもたらさぬことがある。

この少女は、間違いなく世界初の『Project : Revive Life』の成功例。

だが、世界初であるがゆえか……今、ざっとデータを確認しただけで、一個の生命体として幾つも不具合が確認された。えてして、試作品とはそういうものだろうが」

「…………」

「この少女に関しては、あまりにも不確定要素が多過ぎる。生体的に致命的な欠陥を抱えている可能性がある。精神的に破綻している可能性がある。長くは生きられない可能性もある。将来、通常の心霊手術で治癒不可能な霊的疾患を発症する可能性もある。

この少女に、何らかの罠(わな)が仕掛けてある可能性だって捨てきれない」

「…………」

「たとえ、そうでなくとも……『Project : Revive Life』の成功例だ。軍の上層部がそれを知れば、たちまちこの少女は実験用モルモットと化すだろう。

人に限りなく近いが、本質的には人ではないこの少女に、人としての法や倫理は適用されない。散々に尊厳を踏みにじるような実験と扱いの果てに、バラバラに解剖されて標本と化すのがオチだ。

そんな末路を迎えさせるくらいならば……今与える死こそが救いと思わないか？」

「…………」

グレンは押し黙る。

黙って、ガラス円筒の中で眠る少女を見つめ続ける。

穢(けが)れなき白磁の肌、青く伸び放題の髪が特徴的な、小柄で華奢(きゃしゃ)な少女だ。

歳の頃は十三、四程だろうか。女性にしては起伏の少ない、やや直線的な身体の線は幼い清楚さの証のようだった。

何も知らず眠るその相貌もまるで人形のように整っており、白磁の肌とあいまって、精巧なビスク人形を思わせる。

恐らく、イルシアの遺伝情報を基に素体錬成されたのだろう――その少女の造形は、髪の色が赤ではなく青ということを除けば、何から何までイルシアにそっくりであった。

「もう一度、問うぞ。グレン」

そんな少女を見つめるグレンへ、アルベルトが淡々と問う。

「お前のそれは自己満足ではないのか？　この少女をここで救うということは、この少女がこれから生きて背負うことになる全ての重荷を、お前も背負うということだ。

この少女の人生に、お前が責任を持つ、ということだ。

今までの、お前の『正義の魔法使い』ゴッコとはわけが違う。

お前にその覚悟があるのか？　……答えろ、グレン＝レーダス」

それは、どこまでも冷酷で、残酷で、突き放すような言葉でありながら……グレンの行く末を案じる響きもあった。

「…………」

それゆえに、グレンに怒りは湧かない。ただ黙って受け止めるだけだ。

そして、ガラス円筒の中で眠る少女を見つめながら、思い出す。

それは、先刻、雪原で息絶えたイルシアが遺した最期の言葉だ——

——もし……あなたがこれから行く先で、私と同じ姿の……青い髪の女の子を見つけたら……その子には何か、意味のあることを……幸せに生きる道を……見つけさせて……

——私の命に意味はなかったけど……兄さんの命に意味はなかったけど……でも……なら、せめて……兄さんのしてきたことの証……私の身体と記憶を受け継いだ……あの子……あの子だけは……

——お願い……します……せめて……あの子だけは……幸せに生きる……道を……ッ！

歪んだ理で生まれた子だけど……あの子自体には、なんの罪も……だから……ッ！

そんなイルシアの言葉を、グレンは胸中で何度も反芻して。

「……約束、しちまったからな」

ぽつりとそう零した。

すると、その一言で全てを察したのか、アルベルトが深く嘆息して。

「馬鹿なやつだ」

　それ以上、何も言わずグレンに背を向け、部屋を出て行くのであった。

〝俺は何も見ていない〟、〝もし、やるべきことがあるならさっさとやれ〟……そういうことなのだろう。

「……あんがとな、アルベルト」

　去って行くアルベルトには聞こえないくらいの小さな声でぼそりとそう言い、グレンは周囲を見渡す。

　他の軍関係者がここに来るまで、後三十分……いや、アルベルトが何らかの手段で、もう少し時間を稼いでくれるだろうから、小一時間といったところか。

　それまでに、グレンは全てを済ませなければならない。

　ガラス円筒の中の少女を保護し、その少女が『Project : Revive Life』の産物であることを示す、全ての証拠を隠滅しなければならない。

　戦いの疲労が残る中、目眩(めまい)がしそうなほど難解な作業ではあるが……やるしかない。

「……待ってろよ……お前だけは……俺が救ってやるから……」

　グレンは疲れた決意の目でガラス円筒の中で眠る少女を流し見て、作業を開始するのであった――

──────。

「ふうん？　件の外法研究所で、組織の掃除屋としての訓練・調整を受けていた少女──リィエルを保護した……ね。保護」

アルザーノ帝国帝都オルランドにある、帝国宮廷魔導士団総本部《業魔の塔》。

その特務分室の職務室にて。

執務机に頬杖をつきながら報告書を眺める特務分室室長、執行官ナンバー1《魔術師》のイヴ＝イグナイトは、いかにも言外に含みを持たせてぼやいた。

「なんだよ……悪いかよ？」

イヴの前で報告を行っていたグレンが、ぶっきら棒に返す。

「確かに、件のリィエルは組織の処刑部隊──掃除屋としての訓練と魔術調整を受けてはいたが、それだけだ。本人の意思とは関係ないし、まだ何もやってねえ。

俺が対峙した時は、何があったのか、心神喪失状態で敵意も戦意もなかったから、保護した……別におかしい流れじゃないだろ」

「ええ、そうね。……貴方が作ったこの書類上はね」

イヴはグレンの書いた報告書を流し読みしながら、そう返すのであった。

外法研究所のガラス円筒で眠っていた少女——リィエルを保護して、帝都に帰還したグレンとアルベルト。

二人で諸処の手続きや証拠隠滅、書類の偽造をしつつ、まだ体力や体調が万全ではないリィエルを帝国軍法医院へと入院させた。

そして、ついに自分の直属の上司たるイヴに、今回の任務の顚末を報告したのである。

無論、リィエルが『Project : Revive Life』の産物であることを徹底的に伏せて、だ。

（ここだ……ここで、イヴにこの報告書を通させちまえば……リィエルが『Project : Revive Life』による魔造人間であった事実は、永遠に闇に葬られる……）

グレンは内心、戦々恐々としながら、イヴの反応を待った。

「……シオン＝レイフォードについては残念だったわね」

イヴが、いまいち感情の読めない声色で言った。

「彼を生け捕りに出来ていれば、これからの天の智慧研究会との戦いが大いに有利になったことでしょうに」

シオン救出作戦のことは、さすがにイヴも知っている。

件の外法研究所制圧作戦の際、グレンがゴネにゴネて押し通したので、イヴも根負けして許可したからだ。

もっとも、こちらはあまり期待していなかったのか、イヴの反応はドライだった。

「まぁ、いつものように誰かさんが話をややこしくしたとはいえ、当初予定していた戦果は取れたわ、それこそ期待以上にね。だから別に文句はないのだけど」

イヴが眉を顰めて、報告書のとある頁で手を止める。

「こればかりはどうしても解せないわね。リィエル？　彼女は、本当に組織の掃除屋だったわけ？」

やはり、鋭いイヴは、リィエル関連を突いてきていた。

「報告書で確認する限りでは、彼女の衰弱ぶり……とても戦闘に耐えられる状態じゃないわ。訓練中とはいえ、彼女が掃除屋だったなんて思えないんだけど？」

「知らねえよ。敵方の事情なんざ、俺にわかるわけないだろ」

内心戦々恐々としながら、グレンが答える。

「大方、なんらかの無茶な戦闘用術式の実験台にでもされていたんだろ？　ほら、知っているだろ？　連中が強制修得させられる超高速錬金術……えーと、なんだったか」

「【隠す牙】？」

「それだ。そんなとち狂った術式を修得させられるくらいだ、他に何か心身に絶大な負担をかける術式の実験台にされてたっておかしくねーだろ？」

　かなり苦しいが、一応、筋は通っている。実際、天の智慧研究会絡みの事件では、似たような新開発術式の実験台となった犠牲者は多い。

「…………」

　イヴは、どこか訝しげな表情でグレンの報告書を隅々まで目を通していく。

（いいから通せ。通しちまえ。……細かいことは気にすんな……ッ！）

　漂う緊張感の中、グレンが心の中でそう祈っていると。

　そんな祈りが通じたのか。

「……まぁ、いいわ」

　イヴが、ばさりと報告書を閉じた。

「これで受理して、私から上に報告するわ」

「！」

「リィエルは、当面、私達特務分室の管理下で保護する。後で、彼女の市民権と戸籍の申請をするわ。リィエルのファミリーネームは、貴方が決めなさいよね」

　そんなイヴの言葉に、内心ガッツポーズを決めるグレン。

「今回の件、ご苦労だったわね、グレン。まぁ、なんだかんだで大手柄よ。上司の私の鼻も高いわ。相変わらず、色々面倒臭いことをオマケのように持ってくるけど……まぁ、これからも、私のために精々馬車馬のように働くことね」

あの捏造報告書が何とか通った解放感で、いつものイヴの嫌みたらしい物言いも気にならない。

「お、おう……じゃあ、俺はこれで……」

やり取りもそこそこに、グレンはそそくさとイヴの前から退散するのであった。

——グレンが特務分室の職務室を去った後で。

「…………」

イヴは再び、グレンの提出した報告書を開く。

そして、その内容を速読で目を通していく。

イヴが密かにグレンを評価しているポイントとして、グレンが書く文章の正確さ、整合性を取りながら物事の要点を簡潔に纏め、誰にでも平易に理解できるよう編纂する能力がある。

人に言わせれば、教師でもやってろ！　となる能力ではあるが、イヴは結構、重宝している。内容が支離滅裂で理解するのも一苦労なバーナードの報告書や、すぐ話が脱線して要点が摑(つか)みにくいセラの報告書と違って、上への報告が半端(はんぱ)なく楽だからだ。

中間管理職であるイヴとしては、グレンの情報伝達能力は実にありがたいのである。

……と、そんな風にグレンを密かに評価していたイヴだからこそ、わかる。

この報告書の隠しきれない違和感に。

「……らしくないじゃない」

いつもは事実を、端的に簡潔に羅列するグレンの報告書だが、今回のは、やけに奥歯に物が挟まったような言い回しや、推論を根拠にした報告が散見される。

無論、それは実に巧妙であり、他の人が見れば何も違和感を覚えることはない。

イヴだからこそ、覚えることができた違和感だろう。

そして、人がそんな風な物言いをする状況など、古今東西決まりきっている。

「何か隠しているわね、グレン」

イヴが口元を微(かす)かに冷たく歪めた。

イヴは確信していた。グレンはリィエルに関して何かを隠している。

今の所は、それが一体何なのか、イヴにはわからないが……グレンが何かを隠していることだけは間違いない。

「後で独自に探りを入れてみるか」

なにせ、それなりに有用性はあるが、グレンは扱い難い駒だ。

時に命令無視・独断専行を辞さず、イヴの思惑を大きく超える駒。いざという時に手綱を取れるよう、グレンの弱みは積極的に握っておくべきである。

「さて……リィエル。彼女に関して何が出てくるのかしらね……？」

職務室内にただ一人。

イヴは、頬杖をついて報告書をパラパラめくりながら、人知れず薄ら寒く微笑み続けるのであった。


────。


「はぁ……やれやれ。なんとか上手くいったぜ……」

どっと脱力しながら、グレンは《業魔の塔》を後にする。

のそのそと向かう先は、同じく《業魔の塔》敷地内に存在する、帝国軍法医院だ。

現在、そこでは連れ帰ったリィエルが入院し、療養中である。

「ったく……あの時はどうなるかと思ったぜ」

それが『Projecet : Revive Life』による錬成の反動なのかはわからないが、件の外法研究所で保護したリィエルは、極度に衰弱しきっていた。

帝都に到着するなり、そんなリィエルを法医院へと押し込め、色々な処置を施して、ようやくリィエルは一命を取り留め、意識を取り戻したのである。

あれから色々とアルベルトと一緒に書類仕事（捏造）で忙しかったので、リィエルと面と向かって会ったのは、まだ、その時限りだ。

「あの時は、アルベルトのやつと口喧嘩していたところを見られちまったからなぁ……引かれてないといいんだが」

そんなことをぼやきつつも、グレンは見舞いのため、法医院へと足を運んでいた。

敷地内の歩道を歩いていると、やがて白く大きな建物——帝国軍法医院が見えてくる。

正面玄関から入り、グレンは受付で面会の手続きを始める。

と、その時だった。

「グレン君っ！」

ぱたぱたっと駆け足の音が近付いて来て、一人の娘が法医院の奥から姿を現した。

まるで雪のような白い髪が特徴的な、グレンよりやや歳上の娘だ。

グレンと同じく特務分室礼服に身を包み、頬や腕などの肌露出部に赤い顔料で描かれた不思議な紋様が、どこか神秘的な雰囲気を演出している。

「どうした？　白犬」

「あ〜っ！　また、私のこと犬ってぇ〜っ⁉　って、それどころじゃないよっ！」

白い髪の娘――帝国宮廷魔導士団特務分室執行官ナンバー3《女帝》のセラ＝シルヴァースは、グレンに弄られて一瞬、ふくれっ面をするが、すぐさま表情を引き締めた。

「……何があった？」

いつも、どこかフワフワとした多幸感を漂わせるセラの、珍しくただならない様子に、グレンが表情を険しくする。

「グレン君、先の任務で保護した子がいたよね？　リィエルちゃん」

「あ、ああ……」

「そのリィエルちゃんが、帝国軍魔導兵団第一五中隊隊長、ロキサス百騎長に、〝地下〟へ連れていかれたの！」

「なんだって⁉」

帝国軍魔導兵団第一五中隊隊長、ロキサス＝インコプタス。

先の天の智慧研究会の外法研究所制圧作戦で、グレン達帝国宮廷魔導士団と共に、制圧作戦行動を提係して行った、魔導兵団中隊の隊長だ。

魔導士としての腕は確かだが、人の上に立つ器や度量に欠けた男。その独断専行と視野の狭さも祟って、エリートの家系で百騎長の軍階を拝命しながら、未だ中隊の隊長程度に収まっている……ロキサスとは、そんな男だ。

実際、先の外法研究所制圧作戦でも、自分勝手に現場を振り回し、同作戦に従事する各部隊の指揮官や将校達が、彼の手綱を取るのに非常に苦労していたらしい。

「ちょっと待て！　なんであのロキサスのバカが、リィエルを〝地下〟につれていくんだよ……ッ⁉　一体、誰の権限で⁉　どこからの命令で⁉」

「わ、わからない……私、上から何も聞いてない……ッ！　だから、私……止めようとしたんだけど……ッ！」

苦渋の表情でセラが俯く。

ロキサスの軍階は百騎長。セラの軍階、正騎士よりも上だ。

ロキサスに強く命令されてしまえば、セラはそれに逆らうことができない。

「セラ……お前……」

はっと、グレンが気付く。

手を伸ばして、セラの顎を軽く摑み、セラの顔を横に背けさせる。

見れば、セラの頰が微かに腫れている。口の端に乾いた血がついている。

恐らくは——ロキサスに殴られたのだ。ロキサスの蛮行をなんとか止めようと、食い下がり続けて。

倒れた時に頭でも打ったのか……セラの後ろ髪も少し出血で汚れていた。

「ご、ごめんね、グレン君……私、ちょっと気を失ってて……リィエルちゃんが連れて行かれてから、結構な時間が経っちゃった……」

セラが悔しげに震える。

「早く……早く助けないと、あの子が……」

「わかった、セラ！　俺が行く！　お前はこの件をイヴに報告しとけ！」

そう言い残して。

グレンは法医院の奥へ猛然と走っていき、地下区画を目指して階段を下りていくのであった——

————。

帝国軍法医院は、任務や作戦に従事し、負傷した帝国軍魔導士達の魔術的な治療やリハビリを目的とした施設であるが……同時に、闇も存在する。

それが通称〝地下〟だ。法医院の地下区画には、堅牢な軍事監獄と見るも悍ましい各種拷問部屋が存在するのである。

なぜ、そんなものが法医院と抱き合わせであるのか？

理由は単純、都合が良いからだ。

捕らえた敵捕虜に尋問・拷問で情報を得る場合、肉体的苦痛を与えるにしろ、精神汚染で精神的苦痛を与えるにしろ、生かさず殺さずがセオリーである。

つまり、死ぬ一歩手前まで責め苦を与えても、自我崩壊寸前まで追い込んでも、ここならすぐに真上の帝国の世界最先端法医術で治療可能なのだ。

帝国の法医治療技術は、今や世界最高水準と名高い。

それゆえに、〝地下〟に送られるなら死んだ方がマシ――地獄以下とも揶揄(やゆ)される。

そして、そんな地獄の一角に――

その悍ましい光景はあった。


――――。


「この悪魔の落とし子めッ！　ほら、吐けッ！　とっとと吐くんだッッ！」

薄暗い石造りの牢獄(ろうごく)の中に、鞭(むち)の唸(うな)る音と肉を打つ音が断続的に響き渡る。

「……いぎっ⁉　……あぐぅっ⁉　……か、はぁ……ッ！」

鞭の音に合わせて、少女の苦悶の声が絞り出されるようにアンサンブルする。

「お前のような、帝国と女王陛下に仇為す反逆者が、この私の役に立てるのだから、光栄に思え……ッ！　だから早く、知っていることを吐くんだッッッ！」

軍服を着た、いかにも神経質そうな金髪の男が、鬼の形相で鞭を振るっている。

その金髪の男こそ、帝国軍魔導兵団第一五中隊隊長、ロキサス。

そして彼の前には、一人の少女がいる。

両手首に鎖付きの枷を嵌められ、その鎖で天井から吊られている少女——リィエルだ。

足は完全に浮いており、全身だらりと脱力しきっている。

最早、裸同然の襤褸を纏い、全身、見るも無惨に打撲と裂傷だらけであった。

「貴様から、件の組織の深奥に迫る情報を引き出せれば、それは私達にとって大いなる前進となるッ！　だから、吐けぇええええ——ッ！」

こめかみに青筋を立てたロキサスが、力任せに鞭を振るう。振るう。振るう。

鞭が炸裂する音。肌が裂け、血がしぶく音。

拷問には相手を殺さない技術が必要だが、当然、ロキサスにそんなものはない。

「……う……ぁ……」

ゆえに、たとえ何か知っていたとしても、すでに話す体力と気力すらない……そこまでリィエルは追い詰められ、弱っていた。

「ろ……ロキサス百騎長……」

「そ、それ以上は、さすがに死んでしまうかと……」

後方でロキサスの暴挙を見守っていた、部下らしい男二人が、恐る恐るロキサスを諫めに入る。

「なんだ？　お前達は、この偉大なるインコプタス家の私に意見するのか？」

「い、いえ……そんなことは……」

ロキサスに睨み付けられ、竦み上がる部下達。

「ふん、安心したまえよ。仮にも件の組織の掃除屋だったんだろう？　この程度じゃ壊れないさ……もし壊れても〝上〟で治せばいいだけだろう？」

「そ、それは……」

何も言えず、目を伏せるしかない部下達。

そんな部下達を小馬鹿にするように見て、鼻で笑い、ロキサスは再びリィエルへ責め苦を与え始める。

鞭が、何度も、何度も唸る。

「このッ！　このぉッ！　いい加減、少しは吐いたらどうだッ!?　お前のような三下でも、少しくらいは有益な情報を持ってるだろう!?

今、吐けば、貴様はこの私の出世の足がかりになれるのだぞッ!?　光栄だろう!?」

「…………………」

ついに、リィエルは無反応になってしまった。

がくりと頭を垂れ、鎖が軋る音と共に、微かに左右に揺れるだけだ。

「ぜぇ……ぜぇ……ちっ……なんて惰弱な……叩き起こしてやる……ッ！」

鞭を振るい疲れたロキサスが、鞭を捨てる。

そして、壁際に設置された火炉に突っ込まれている焼きごてを掴み、引き抜いた。

真っ赤に焼けた焼きごてが、その不穏な赤の輝きで、その薄暗い牢獄内を照らす……

「ふふ、あはは……この私をコケにするからだ……ッ！　お前のその身体に一生消えない烙印を刻んでやる……ッ！」

最早、完全に人を辞めた鬼畜の顔を嫌らしく笑みの形に歪め、ロキサスが焼きごてをリィエルへと近付けていく。

そして。

その焼きごての壮絶なる熱が、リィエルの肌を焼こうとしていた……その時だった。

バァンッ！

牢獄内の扉が、外から激しく蹴破られる音。

中に居たロキサス以下三人の男達が、一斉に振り返ると。

「てめぇ……ッ！　勝手に何をやってやがる……ッ⁉」

そこには憤怒(ふんぬ)の形相のグレンが立っていた。

一瞬、誰が踏み込んで来たのかと戦々恐々とした顔となるロキサスだったが、相手がグレンであることを認識し、瞬時に余裕を取り戻す。

「ふっ、誰かと思えば……三流魔導士のグレン＝レーダス正騎士ではないか。今、私は崇高かつ重大な特殊任務の最中なのだ。邪魔をするなら――……」

髪をかき上げながら、そんなことを不遜に嘯(うそぶ)くロキサスの顔面に――

どぱぁんっ！

――グレンが容赦なく振り抜いた右拳が、完全にめり込んでいた。

「ぎゃあああああ――ッ⁉」

ロキサスが吹き飛ばされ、鼻血と悲鳴をまき散らしながら、壁に叩き付けられる。

「ごはっ⁉　きさ、きさ、貴様ぁ⁉　じょ、上官に手を上げたなぁ⁉」

涙目で折れた鼻を押さえながら、ヒステリックに叫き散らすロキサス。

グレンは肩を怒らせて歩み寄り、そんなロキサスの胸ぐらを摑んで引き上げる。

「上官として敬ってほしけりゃ、上官に相応しい立ち居振る舞いを覚えろや……なぁ？

最低限、ルールを守るとか、横紙破りをやめるとかよ……」

「ひ――、な、何が悪いか⁉　あの女は、天の智慧研究会の掃除屋……ッ！　私はこの国と女王陛下のために、有益な情報を引き出そうと……ッ！」

「バカ野郎か、お前は⁉　末端のコイツに、そんな情報持たせているようなアホ組織だったら、苦労はねえよ……ッ！」

「う、うるさい……ッ！　先の制圧作戦で、この女を捕らえたのは私の手柄だぞ⁉　私の取得物を、私が自由に扱って何が悪い⁉」

「お前の手柄じゃねえだろうがッ⁉　お前の部隊は後方支援だっただろ⁉　何、勝手に自分の戦果にしてんだ、脳みそ腐ってんのか⁉」

すると、ロキサスがグレンを突き飛ばし、立ち上がる。

「黙れ黙れ黙れぇぇぇぇ——ッ⁉　お前、誰に手を出したかわかってるのか⁉　この私は、インコプタス家のロキサスなんだぞ⁉　ははっ！　お前、これ以上、帝国軍に居場所があると思うなよ⁉　お前だけは、インコプタス家の威信にかけて、絶対に潰してや——」

再び、グレンの渾身(こんしん)の右ストレートが、ロキサスの顔面に刺さっていた。

「ぎゃあああああああああああ——っ⁉」

「んじゃ、どっちみちクビになるなら、限界までお前を殴っておくわ」

転げ回るロキサスの胸ぐらを掴み上げ、グレンが据わった目で睨み付ける。

「独断でリィエルを拷問にかけて、あまつさえ、セラにまで手を上げやがって……お前、マジでクズだぜ」

「お、おま、お前ぇぇぇぇぇ——ッ⁉　がほ、ごほぉッ⁉　ら、《雷帝の閃槍(せんそう)よ》ぉおおおおおおお——ッ！」

ついに、ロキサスはグレンを左手で指差し、御法度(ごはっと)の攻性呪文(アサルト・スペル)を唱えた。

その呪文は、黒魔(くろま)【ライトニング・ピアス】。

何の魔術的防御も持たない人間など掠(かす)っただけで死に至らしめる、非常に殺傷能力の高い、恐るべき軍用の攻性呪文(アサルト・スペル)。

だが――

「な……」

ロキサスが唱えた呪文は起動しなかった。

「言っておくが……俺は、セラほど甘くないぜ？」

グレンの左手の指先には、いつの間にか『愚者のアルカナ』が挟まっている。

そして、ロキサスを突き飛ばすと、右手でパーカッション式の回転弾倉拳銃(リボルバー)を取り出して、その銃口をへたり込むロキサスの額へピタリと当てる。

「……お前が、いつだって、俺をクビにできるように……俺だって、その気になれば、いつだって、お前をどうとでもできるんだからな……？」

人を塵芥(ちりあくた)としか思っていないような、氷点下の眼差し(まなざ)しがロキサスの魂を射貫(いぬ)く。

これまで、常に最前線で戦い続け、死闘の末に人知を超えた凄腕(すごうで)の外道魔術師達を何人も始末してきた、本物の〝魔術師殺し〟の言葉に。その威圧感に。

「ひ、ひぃいいいいいいいい――ッ⁉」

これまで何かと理由をつけては、最前線での戦いを避け続けてきたロキサスが、耐えられるわけがない。ただただ心胆から震えあがるしかない。

「う……ぁ……あぁ……？」

「そ、その……グレン……正騎士……殿……？」

ロキサスの部下達も、この時ばかりは並々ならぬ怒気と迫力を放つグレンを前に、震えて竦み上がるだけで何もできない。

ロキサスはここで死ぬ、グレンに殺される——部下達も、当のロキサス自身もそう確信し、極限までの緊張感が牢獄内に張り詰めて——

「……ったく。ガラじゃねーことさせやがって」

グレンが呆れたように銃口を下ろし、嘆息する。

途端、すっと場の緊張感が解け、空気が弛緩する。

「この程度の追い込みでヘタるなら、最初から粋がるなっての……」

腰が抜けたロキサスを見下ろし、グレンは呆れたように呟くのであった。

放心して、呆然と床を見つめているロキサス。

やがて——

牢獄の外がバタバタと騒がしくなってくる。

恐らく、ここの騒ぎを聞きつけ、人が集まって来たのだろう。

「さて、どう収拾つけるかね……」

グレンが放心するロキサスや部下達を放置し、吊されているリィエルに向き合う。

「……すまなかった……俺の見通しが甘かったせいで……」

そんなグレンの謝罪の言葉は、聞こえているのかいないのか。

「………………」

リィエルはただ、微動だにせず、無言を保ち続けるのであった――

――。


「グレン。貴方(あなた)って、本っ当に厄介事しか持ってこないわね……ッ！」

だんっ！　イヴが机を叩きながら、怒りも露(あら)わに吐き捨てた。

ここは特務分室の職務室(オフィス)。

先のロキサスの一件で、軍内警察の事情聴取があった後、イヴに呼び出された次第である。

「何？　貴方は軍内における私の立場を悪くすることに、命をかけなきゃいけない呪いでもあるわけ？　ねぇ？」

「うるせーな。で？　どうなった？　俺の処分は？　クビか？　独房行きか？」

「開き直るのやめて！　余計に腹立つから！」

ばんっ！　イヴが再び机を叩く。

「ったく……結論としては、上からのお咎めはなしよ」

「へー、そりゃ意外だな」

「本来、上官に手を上げるのは軍法会議ものだけど……今回の場合、特務分室の保護管理下にあるリィエルに、横紙破りで手を出したロキサス側に、どこをどう見ても非があること。あなたの先の研究所制圧作戦の功績。

拷問による尋問を行う際、帝国法が保障する基本的人権から、いくつもの法的手続きが必要なのに、それをロキサスがまったく行っていなかったこと。

その他、諸々あってね。ぶっちゃけると、帝国宮廷魔導士団側も、魔導兵団側も、今回の一件を〝なかったことにしたい〟わけよ」

「お役所仕事だな」

グレンの罪を問うと、どうしてもロキサスの罪が査問に上がる。そうなると、どちらにとっても恥の上塗りで、不毛極まりないのだ。

「実際、お役所仕事だからね」

イヴが、つんと髪をかき上げながら不機嫌そうに言う。

（ま、俺もまだまだ悪運に恵まれているらしい……）

そう思いつつも、グレンはぞっとするしかない。

イヴは言った。拷問による尋問を行う際、いくつもの法的手続きが必要だ、と。

つまり、逆説的には今回の一件、法が、グレンやリィエルを守ってくれたのだ。

これがもし、リィエルが人間じゃないとバレていたら。魔造人間だと割れていたら。

ロキサスの行いには、何の不当性もなかったことになるのだ。

（思ったより、ヘビーな話だぜ、マジで……）

グレンは内心、冷や汗をかきつつも、話を続ける。

「で？　どうなる？　ということは、このまま、世はなべてこともなしか？」

「んなわけないでしょう？」

イヴが呆れたようにため息を吐いた。

「貴方の軽率な行動のお陰で、面子を完全に潰されたロキサスのインコプタス本家はカンカンよ？　悪いのは完全に向こうだけど、貴族社会ってそうじゃないの、わかる？」

「面倒臭ぇな」

「だから、形だけでも、貴方に何か罰則を科さないといけないの。貴方にこれから一ヶ月間の謹慎処分を下すわ」

「……！」

まぁ、妥当だろうな。

そう思って押し黙るグレンへ、イヴがさらに続ける。

「それともう一つ。件のリィエルについてだけど……今回のロキサスの蛮行を鑑みて、様々な軍閥が縄張りを利かせ合う帝国軍法医院では、現在、非常にセンシティヴな立場にあるリィエルの保護管理は適さないと、私は判断した。

そこで、グレン。命令よ。当面の間、貴方がリィエルを保護管理なさい」

「……は？」

イヴの提案に、グレンが目を点にする。

「《業魔の塔》兵舎の貴方の部屋なら、もう一人くらい同居人がいても、あまり問題ないでしょう？　貴方がリィエルの世話をしている間に、私もリィエルの今後の扱いについて考えておくわ。というわけで、頼んだわよ」

「ちょ、ちょ、ちょっと待て⁉」

さすがにグレンも慌てて、机越しにイヴへと詰め寄る。

「なんで俺が、あいつの面倒を見るんだよ⁉」

「何よ、無責任ね。そもそも貴方が拾ってきたんでしょう？」

「いや、そういう意味じゃねえ！　あいつは女の子なんだぞ⁉　男の俺が一つ屋根の下で面倒見るとか、その……何か間違いがあったらどうする気だ⁉」

「今、特務分室で暇なのは、一ヶ月の謹慎処分を下した貴方だけだし、そもそも、何？　貴方は、心神喪失して極度に衰弱している年端もいかない少女を、欲望にまかせて手込めにするようなクズ外道だったわけ？」

「そっ、そんなわけねえだろうがッ⁉」

「じゃ、問題ないわね」

ぴしゃりと言い捨てて、イヴがそっぽを向く。

グレンはそんなイヴの横顔を、噛み付くように睨み付けた。

「お、お前……俺に対する当てつけか、コレ……？」

「それもあるけど」

「あるのかよ」

「一応、合理的な理由よ。人選に関しては言った通りだし、あんな飢えた狼共の縄張り争いの最前線たる法医院に、リィエルみたいな極上の肉を置いておけない」

「ぐ……」

確かに、昨今の帝国軍においては、天の智慧研究会の深奥に関する情報価値が凄まじく高騰している。それを握った者が、帝国軍内にて大きな発言権を得る。

先ほどのロキサスのように、功を焦って組織に関する情報をなんとか引きだそうと、ちょっかいをかけてくる者が現れるかもしれない……しかも、アホのロキサスと違って、抜け目なく法的根拠・手続きを揃えて、だ。

「そして——何より、リィエルは元・掃除屋……天の智慧研究会を足抜けしたのよ？」

「……ッ！」

「万が一、件の組織が足抜け狩りを放ってきたらどうするの？　リィエルはもちろん、法医院に勤務する法医師や、入院中の負傷兵達すら危ういわ」

イヴの言う通りであった。

そもそも、グレンの情報捏造のせいで、イヴや軍上層部は与り知らないことだが……リィエルは『Project : Revive Life』によって誕生した魔造人間なのだ。

件の組織が、このままリィエルを放っておいてくれることを期待するのは、楽観的に過ぎる。誰かがリィエルを守らなければならない。

「リィエルの治療に関しては、色々とバックアップするわ。だから、貴方はリィエルの保護管理に専念してくれればいい。……いいわね？」

「……ああ、わかったよ」

イヴの言葉に、グレンは頷くしかない。

そう、アルベルトに言われたとおりだ。

リィエルを救うと決めた以上、その責任はグレンの双肩にかかる。

それを放り出してしまえば、本当にただの自己満足の偽善者になってしまう。

「やってやらあ……俺は約束したんだからな……」

職務室を後にして、グレンは廊下を歩きながら、誰へともなくそう呟いた。

こうして決意を新たにするグレンであったが、リィエルを保護管理する生活は、グレンの想像を絶する困難さを極めるのであった――


――。


「ここが今日から、お前の住む場所だ」

「…………」

グレンが、リィエルを乗せた車椅子を押して、兵舎の自室へと入った。

グレンの軍階は正騎士であるため、与えられた部屋の等級はそれなりに高い。

息苦しさは感じない程度には広い。一般兵卒が押し込められるタコ部屋と違って、浴室にシャワーも完備されている。

部屋の主がグレンだけに、ベッドが一つ、机と椅子が一セット、ソファが一つ……必要最小限の家具しかない殺風景な風景ではあるが、確かに当面の間、リィエルと共同生活する分には支障ないだろう。

「……災難だったな」

「…………」

グレンが押し黙るリィエルを見下ろす。

まだ、拷問の傷痕が癒えきっておらず、全身に痛々しく包帯が巻かれている。

根本的な体力が衰弱しきっているため、まだ法医呪文の効きが悪いらしい。

「その……もう大丈夫だからな？　もう、お前をあんな酷い目に遭わせるやつはいねえから……だから、安心しろよ？」

「…………」

だが、リィエルは無言。

どこか虚ろな目を虚空に彷徨わせている。

目覚めたばかりに会った時は、もう少し口を利いてくれたのに……その身に受けた苛烈な拷問のせいか、今は完全に心を閉ざしてしまっているようであった。

「……前途は多難だな、こりゃ……」

　グレンは失礼、と一応断って、車椅子に座るリィエルの身体を横抱きに抱え、ベッドに横たえた。

　そして、毛布をかけてやる。

「…………」

　ついぞ、リィエルは一言も話すことなく、されるがままだ。

「……色々あったもんな……」

　グレンはベッドの傍らの椅子に腰かけ、そんなリィエルを眺める。

　リィエルは、『Project : Revive Life』によって生み出された魔造人間。

　そして、天の智慧研究会の凄腕の掃除屋だった少女イルシア＝レイフォードの『アストラル＝コード』――イルシアが事切れる直前までの記憶を受け継いでいる。

　だというのに、なぜ、〝イルシア〟ではなく〝リィエル〟と名乗るのかは、今のところ心底謎だが……

（今のコイツには何もねえ……何もねえんだ……）

　グレンは、虚ろな目で天井を見上げるリィエルの横顔を見守りながら歯噛みする。

　組織の掃除屋として、過酷な環境下でまともな生活や自由など望むべくもなかった〝イルシア〟にとっては、兄シオンが全てだったはずだ。

シオンのために生きる、戦う、殺す……それが〝イルシア〟の存在理由だったはずだ。

あの腐った組織ですら、〝イルシア〟にとっては、己の拠り所だったはずだ。

だが、シオンは死んだ。組織からは解放されてしまった。

〝リィエル〟には、生きるための寄る辺が、縋るべきものが何もない。


〝お前のそれは自己満足ではないのか？〟

〝今与える死こそが救いと思わないか？〟


不意に、脳裏に蘇るアルベルトの冷徹な声。

ぞくりとグレンの背筋を薄ら寒いものが、今さら駆け上がる。

（俺は……本当の意味でコイツを救ってやれるのか……？）

グレンは、ベッドに横たわるリィエルを改めて見る。

死人だ。

今のリィエルは辛うじて心臓が脈打って、肺が呼吸しているだけの死人だ。

今、この瞬間にも、ぷつんと糸が切れるように、心臓と呼吸が止まっても、何もおかしくない……そんな想像がリアルに出来てしまうほどに。

「だ、大丈夫だ……ッ！」

グレンは自分の両頬を、両手で挟み込むように叩(たた)いて、弱気を追い出す。

「辛抱強く世話をすりゃ、必ず回復する！　本当の意味で救ってやれる！　ああ、やってやる……やってやるさ……ッ！」

自分を叱咤(しった)するように。

グレンは自分自身にそう言い聞かせるのであった。


────。


こうして、グレンによるリィエルの世話が始まった。

引き受けた以上、救ってしまった以上、グレンはやるしかない。

グレンは、心神喪失状態で一人では何も出来ないリィエルを甲斐甲斐(かいがい)しく世話をする。

定期的にリィエルの患者衣を脱がし、その全身を拭いてやり、包帯を取り替える。

そして、常に清潔な患者衣に着替えさせてやる。

さらには、薬の点滴を取り替え、排泄(はいせつ)行為の補助までしてやる。

女の子相手に色々まずい……とは当初思ったが、慣れとは恐ろしいもので、何度か繰り返していうちに、なんとも思わなくなっていった。気分は介護士だ。

たまに、仕事の合間を縫ってセラも介護を手伝ってくれて、そんなグレンの介護士っぷりも板についてくる。

薬の点滴のお陰で、リィエルが拷問で受けた傷もすっかり癒えた。

そして、そろそろ点滴治療の世話になるのも終わり、次の治療段階に進むべき……そんな風にグレンが考えた時。

その困難は、唐突にグレンとリィエルへ襲いかかってくるのであった。


────。


「ど、どうしてなんだ、リィエル!?」

グレンの部屋内に、がしゃん！　と食器が割れ砕ける音と、グレンの叫びがアンサンブルする。

「げほっ!?　ごほっ！　かふっ！　おえっ……ぇぇぇ……ッ！」

ベッドの上では、リィエルが苦しげに口元を押さえ、えずいている。

その周囲には、リィエルが吐き戻した麦粥や、はね除けた食器が、見るも無惨に散らばっていた。

そう。それはリィエルの体力が、本格的に食事ができる程度まで回復した時に起きた。

当然、グレンはリィエルに食事を与えようとした。

人間、やはり食が生の基本であり、根本的な回復には食べないとどうしようもない。

細心の注意を払って、グレンは消化の良い、よく煮た麦粥や鶏がらのスープを作り、慎重にリィエルに食べさせようとした。

だが……リィエルは食べなかった。

目の前に並べても、まるでそれが見えていないかのように、手をつけない。

そして、少々心は痛むが、無理矢理食事を与えようと口の中に押し込んでみたら……全て吐き戻してしまったのである。

「なんでだよ……ッ⁉　もうとっくに胃が食べ物を受け付ける状態まで回復しているはずなのに……ッ！」

「グレン君、ちょっと落ち着いてっ！」

取り乱すグレンを、本日、リィエルの介護の手伝いに来てくれていたセラが、背後から羽交い締めに抑える。

「そんな風に無理矢理やっても、事態は何も解決しないよっ！」

「わかってる……ッ！　だけど、セラ、まずいんだ……これ以上、リィエルの食事の摂取は引き延ばせねぇ……ッ！　一刻も早く何か食わせねえと……ッ！」

グレンは頭を抱えて呻くしかない。

単純な話、生物は何も食べないと餓死する。自明の理だ。

点滴で栄養を直接身体に入れる方法もあるが、それでは単位時間当たりに摂取できる栄養量に限界がある。

点滴だけでは、人間が生命活動を維持するだけの消費エネルギー量に、まるで足りていないのだ。食物の経口摂取は、生存のための絶対必須条件なのである。

「リィエルはもう何日、食ってない!?　元々極度に弱ってたんだ……このままじゃ保たねえ……衰弱死しちまう……ッ！」

「そうだね……どうしたらいいんだろう……？」

セラが沈痛な面持ちで、ベッド上でぐったりとしているリィエルを見た。

「なんていうか……食べ物を食べ物と認識してない感じ……だよね？」

「……ッ！」

セラの指摘に、グレンがリィエルを見て、はっとする。

「私達は、リィエルにまともな食事を与えようとしてたけど……リィエルは、こんなまともな食事、与えられたのは初めてのことなんじゃないかな……？　だから、異物を喉の奥に流し込まれたとしか、認識していないんじゃ……？」

「……そんな」

もし、セラの話が本当だとしたら。

一体、リィエル——もとい、リィエルの原型となった〝イルシア〟は、どれだけ過酷な環境で生きていたのだろうか。

グレンが腸（はらわた）が煮えくりかえるような思いを抱えていると。

「……問題はそれだけではない」

がちゃり。

グレンの部屋の玄関扉を開いて、今度はアルベルトが姿を現す。

「アルベルト⁉　帰ってたのか⁉」

グレンの問いには答えず、アルベルトは部屋に入ってくると、ベッドの傍らに立ち、虚ろな目を虚空に彷徨わせているリィエルを見下ろす。

「この娘には、自ら生きようとする意志がまるでないのだ。食物を受け付けないのも、そんな精神的な障壁が原因のはず。なにせ身体の生理機能的には、もう問題がないのだからばさり。アルベルトの手には、何らかの本の頁の束が握られていた。

「恐らく、この娘はもう駄目なのだ。この娘はただ、生かされているだけ。生きる意志がない者は、この世界では生きられない。……遅かれ早かれ死ぬ。自然の摂理だ」

「そ、そんな……ひ、酷いよ、アルベルト君……」

セラが泣きそうな顔で、アルベルトを非難するが。

「いや……アルベルトの言うことは正しい……事実だ……」

グレンが苦渋の表情で肯定した。

「このままじゃ、駄目だ……あらゆる意味で、生きる気がないやつを生かしておいてくれるほど、この世界は甘くねえ……いくら俺が守ってやっても……こいつ自身が生きようとしてくれない限り……救うことはできねえ……」

「グレン君……」

セラもかける言葉を見つけられないでいると、アルベルトが言った。

「とはいえ、あらゆる生命は、通常、本能的に生を求めるものだ」

「アルベルト？」

「確かに、この娘は一個の生物として生への執着を失ったようだが……それを後押しするな」

何らかの切っ掛けのようなものがあれば……あるいは」

「……つまり……リィエルの生きる意志に、心の鍵みたいなものがかかっているってことか？　それを解く何かがあれば、生きる意志は復活する……ってことか？」

「そうだな。だが、この娘にとって、何がその鍵となるのかわからない現状、どうしようもない」

そう言って。

「で？　どうする気だ？　グレン」

アルベルトが淡々と問う。

「このままだと間違いなく、その娘は衰弱死するだろう。お前の自己満足が、その娘の生の苦痛を悪戯に引き延ばすことになる。

ならばいっそのこと、今、ここで──」

アルベルトが淡々と、冷酷に、何かを試すようにそう言って。

ちらりと、グレンの横顔を流し見ると。

グレンは、臆さず怯まず真っ直ぐにリィエルを見下ろし、見据えている。

その瞳は悲壮ではあるが、何一つ諦めてはいない。

アルベルトは、しばらくの間、そんなグレンの横顔を流し見て、ボソリと零した。

「ここで日和るようなら殴りつけてやろうかと思ったが、心配無用だったようだ」

「……余計なお世話だ、バカ野郎」

グレンが噛み付くように返す。

「俺は……あいつに約束したし、それに……俺自身、こいつを救ってやりたくなった」

グレンは改めてリィエルを見下ろす。

「可哀想過ぎるだろ、こんなの……確かにこの世界は辛くてしんどいことも多いが、それと同じくらい楽しいことだってある……それを何一つ知らず、勝手に世界に絶望して、生きる気力をなくして去って逝く……そんなの哀しすぎるだろ……ッ！」

「……ああ、お前はそれでいい。……小賢しい俺には無理だが、お前なら、この娘を救えるかもしれん」

どこか眩しそうに、そう言って。

アルベルトが屈み込み、手にした何らかの本の頁の束を見ながら、突然、ベッド周辺に魔力の線で魔術法陣を構築し始めた。

「とはいえ、救う前に逝かれては話にならん」

「お、おい？　アルベルト？　一体、何を……？」

「白魔儀【リヴァイヴァー】だ。生命力そのものをその衰弱しきった身体に補充する。この状況では、ただの延命処置にしかならんが……」

「は？【リヴァイヴァー】？　いくら優秀なお前でも、そんな呪文まで……って、おい、まさか……？」

グレンがはっと、気付く。

「お前、リィエルのために、今、修得してきたのか？」

すると、アルベルトが皮肉げに淡々と言った。

「結局、俺もお前の船に乗ったのだからな。最善は尽くさねば筋が通らん」

「アルベルト……ッ！　お前……ッ！」

「どうでもいい。それより、セラ。この儀式魔術、俺一人の魔力では賄いきれん。お前の魔力を使わせてくれ。本来、数人分の魔術師の魔力が必要だが、お前の魔力容量（キャパシティ）なら、一人で充分に事足りるはずだ」

「あ、うんっ！　わかったよ！　略式の仮サーヴァント契約で霊絡（パス）を繋（つな）いでおけば、いいかな？」

「ああ、頼んだ」

こうして。

アルベルトとセラが、テキパキとリィエルの延命処置を行っていくのであった。

　そんな一同の姿を見て、グレンは思う。

（なぁ……リィエル……確かに、今のお前には何もねえ……この世界を生きたくねえのはわかる……生きる気力が湧いてこねえのは、わかる……

だけどよ……こうやって、お前の未来の可能性を願って、お前に力を貸してくれるやつだって……手を差し伸べてくれるやつだっているんだ……

……頼む、差し伸べられたその手を掴んでやってくれよ……今は絶望しかなくても、絶対に、後悔はさせねえからよ……だから……）

　そんなグレンの祈りは。

　果たして、周囲の状況を人ごとのように虚ろな目で見つめるリィエルに、届くのかどうか――

　今のグレンには、まったくわからなかった。


　――――。


――帝都オルランドから遠く離れた北の地。

年中、雪に覆われる大針葉樹林樹海の中に隠されていた外法研究所の、シオンの研究室だった場所に。

「………」

一人の少女が立っている。

病的なまでに白い肌、黒檀の髪、奈落のような瞳。黒のボンデージに全身を覆い隠すようなフード付き外套――天の智慧研究会の掃除屋装備に身を包んだ少女であった。

少女は、空っぽになったガラス円筒の前に立っている。

そして、その少女が手に持つ水晶玉には、とある一人の女性の顔が映っていた。

二十代の黒髪黒瞳女性だ。ヘッドドレスにエプロンなど、使用人服に身を包んでいる。

だが、その闇の深い面差しの女性が、ただの使用人であろうはずもない。

『つまり、件の実験サンプル……〝Re=L〟を、貴女の手で始末しておいてほしいわけですよ……《無音の狩り手》』

「………」

《無音の狩り手》と呼ばれた少女は、無言で水晶玉に映る女性を見つめている。

『その件の〝Re=L〟は、我らが組織にとっても、世界初の『Project : Revive Life』の成功例という以上に、特別な存在でしてね……』

実は、当組織が密かに保存管理していた、四百年前の魔導大戦時代で活躍したとある英雄の霊魂が、〝Re=L〟の『Project : Revive Life』を構成する三要素の一つ……『アルター・エーテル』の一部に、実験的に組み込まれていたのです』

「…………」

『その英雄は《剣の姫》とまで呼ばれた、人類史上最強の剣士……一部とはいえ、その魂を持つ者が帝国側に保護されているという状況は……いずれ、大導師様の大いなる計画の妨げになるやもしれません。……限りなく0に近い確率でしょうが』

「…………」

『行きなさい、《無音の狩り手》。……そして、〝Re=L〟を――』

ふと、水晶玉の中の女性が気付けば。

『!』

いつの間にか、水晶玉は床に置かれ、《無音の狩り手》と呼ばれた少女の姿は、最早、その場のどこにも見当たらなかった。

『ふふっ……さすがは当組織最強の掃除屋と名高い《無音の狩り手》……聞きしに勝る、その力ですわ』

水晶玉越しの遠隔通信とはいえ、女性は一瞬たりとも少女から視線を切ったつもりはなかった。全ての注意と集中をその少女へと向けていた。

なのに、いつの間にか、少女の姿は女性の視界から忽然と消えていた。
消えたタイミングも、まったくわからなかったのである。
『彼女に任せれば、何も心配ありませんね。世はなべてこともなし……ですわ』
水晶玉の中の女性は、満足そうに薄ら寒く微笑んで。
遠隔通信を切る。
ふっと、水晶玉から光が消えて……女性の姿も幻のように消えるのであった。

――――。

必死にリィエルの介護を続けるグレン。
一週間が過ぎ……二週間が過ぎ……三週間が過ぎ……
だが、そんなグレンの努力も虚しく、リィエルは日に日に弱っていくのであった。

――――。

――――。

——。

わたし(リィエル)は——夢を見ていた。

夢の中で——わたし(イルシア)は大きな剣を振るって、たくさんの人を殺していた。

誰かの命令で、来る日も来る日も人を殺し続けた。人を殺す技ばかりが上手になっていき……ますます多くの人を殺すことを強要された。

そして、一人殺す度に、わたしの心の中で何かが壊れていく。すり減っていく。

辛い。苦しい。痛い。

誰かを殺すことは——とても哀しいことだ。

誰かを殺す度に、別の誰かの顔が哀しみにくれ、そんな悲しむ誰かの顔の真ん中にも、わたしは剣を叩(たた)き入れる。

それでもわたしは、やらなければならない。殺し続けなければならない。

なぜなら……

わたしには、兄がいたから。シオン兄さんがいたから。

わたしが殺さなければ、兄さんを守れない。

わたしにとって、兄さんだけがわたしの心の拠り所。

わたしは、兄さんの剣。

兄さんは、わたしの全て。わたしは兄さんのために生きると決めた。

それなのに――

『ごめんね。さようなら……■■■■……』

――消えていく。

真っ暗闇の中、今、わたしの目の前に佇み、優しげに、どこか哀しげに微笑みかけている兄さんが……消えていく。

そう、兄さんはもう死んだ。兄さんはもういない。

「待って……っ！　逝かないで……消えないで、兄さんっ！」

私は必死に、ゆっくりと闇の中に溶けていくシオン兄さんへと手を伸ばす。

「わたしを置いて逝かないで、兄さんっ！」

だが、いくら手を伸ばせど、いくら足を動かせど。

その手が兄さんに届くことはなく、その足が兄さんに近付くことはなく。

兄さんという存在は、無慈悲に無惨(むざん)に、闇の中へ溶け消えていく――

「待って！　逝(ゆ)かないで！　わたし、わからない！」

わたしは、ぼろぼろと泣きながら、それでも兄さんに手を伸ばす。

「兄さんがいなくなって……わたしはどうすればいいの……ッ⁉　わたしは、何をすればいいの……ッ⁉　全然、わからないよぉ……ッ！」

そんなわたしの問いに答えず。

兄さんは、わたしに言った。

それは――恐らく、わたし(リイエル)を生み出した兄さん(シオン)とわたし(イルシア)が、わたし(リイエル)にかけた〝夢〟だったのだろう。

でも、わたしには届かない。聞こえない。わからない。

なぜなら――この時点のわたし(リイエル)は、何も知らないから。

ただ、わたしの魂にのみ刻まれた願いだから――

『■■■■(リイエル)……どうか……僕達の分まで■■■……』

「兄さぁああああああああああああああああああああんッ！」

――――。

「～～～～～～～～～～～～～～～～～～～～～～～～～～～～～～ッ！」

「おいっ！　どうした、リィエル!?」

グレンは、ベッドで眠っていたかと思えば、突然、天井へ向かって手を伸ばし、声にならぬ叫びを上げ始めたリィエルを、揺さぶり起こす。

「しっかりしろ!?　何があった!?」

顔を近付け、リィエルの顔を覗き込む。

「はぁー……ッ！　はぁー……ッ！　はぁー……ッ！　……ぁ……？」

すると、リィエルは我に返ったらしい。

奈落の底のようなリィエルの目が、微かに焦点を結ぶ。すぐ傍にあるグレンの顔を、やや虚ろにじっと見つめてくる。

（リィエルをこの部屋に連れてきてから、初めてまともにコイツと目があったな……）

グレンがそんなことを思っていると。

不意に、リィエルが口を開いた。

「……兄……さん……？」

「！」

グレンが目を見開く。

リィエルが口を利くのは、帝都に連れて帰ったリィエルと、初めて病室で面会した時以来だ。

「……いや、すまないな。俺はお前の兄貴じゃねえ……」

グレンは思い出す。

そういえば、あの雪原でイルシアの最期を看取った時も、意識が朦朧としていたイルシアはグレンのことを、一瞬、兄シオンと誤認していた。

リィエルは、とある魔術的な仕掛けによって、そんなイルシアの死の直前までの記憶を受け継いでいるから――

（人から見て、そんなに俺は、シオンと背格好や雰囲気が似ているのだろうか？）

まぁ、今は気にしても仕方ない。

そんなことよりやるべきことがある。

グレンは、リィエルの目が覚めたのを幸いに、さっそくテキパキと作業を始めた。

傍らのテーブルに、グレンが考えうる限りの食料を並べていった。

「……？」

興味なげにそれを横目で眺めるリィエル。

「頼む、リィエル。どれでもいいから、何か食ってくれ」

グレンは懇願するように言った。

「もう、お前は限界だ。【リヴァイヴァー】の効果も切れる……切れたら、その反動が一気に来る。……保って後二、三日の命だ」

「…………」

「頼む、リィエル……何か食べてくれ……このままじゃ、お前は死んでしまう……」

そこまで言ってグレンは気付く……意味がない。

今のリィエルは、精神的に生への執着がないために、食事を受け付けない状態なのだ。

たとえ、グレンが懇願して胃に食べ物を入れてもらっても、それを消化できないのでは意味がない。

（今のリィエルに必要なのは、もっと別の——……だが、それはなんだ？　わからねぇ……一体、何がリィエルにとっての鍵なんだ？）

と、グレンが自分の蒙昧さに辟易していた、その時だった。

「……なんで？」

ボソリ、と。

今まで何を話しかけても、反応を返さなかったリィエルが、どういうわけか、この時だけは、そう応じたのだ。

「なんで、食べなきゃ駄目なの？」

「なんでって……そりゃ死ぬからだろ！　お前、自分の状態、わかって──」

「なんで、死んだら駄目なの？」

「〜〜〜〜ッ⁉」

まるで子供のような、含みのない、あまりにも透明な質問に。

グレンは一瞬言葉を詰まらせるしかない。

そんなグレンの前で、リィエルがそっと傍らのテーブルに載せられた様々な食料を、つと流し見る。そろりと手を伸ばす。

様々な病院食、栄養食、薬膳が並ぶ中……リィエルが偶然手に取ったのは……軍用の野戦糧食であった。

様々な穀物を練り固めて焼いたブロック状の食べ物で、クソ不味いが摂取熱量だけは、やたら高い代物である。

そういう類いの食べ物だけは食べたことがあるのか、あるいは気まぐれか。

リィエルはその野戦糧食を摘まみ、興味なさそうに眺めながら、言葉を続ける。

「わたしには……もう何もない……兄さんがいない今……わたしがいる意味ない……」

「…………」

「なのに……どうして死んだら駄目なの……？」

「お前、それは――ッ！」

グレンが激昂して何かを叫ぼうとした、何かを伝えようとした――その時だった。


どくん。


その一瞬、グレンの心音が不穏な悲鳴を上げていた。

それは、特務分室の執行官として、今まで数々の生死の修羅場を潜り抜け続けたことで研ぎ澄まされた、自身の死との距離を鋭敏に計り取る感覚。生を掴む直感。

もし、この培った感覚がなかったら――グレンは、も、もう死んでいた。

「〜〜〜ッ⁉」

グレンが脊髄反射で横に飛び転がったのと。

グレンの首があった空間を、無音の剣閃が神速で薙いだのは——ほぼ同時であった。

「な、何者だ、てめぇ⁉」

転がった勢いで跳ね起き、拳銃を構えながらグレンが叫ぶ。

いつの間にか。

本当にいつの間にか——リィエルのベッドの傍らに一人の少女が立っていた。

(いや、本っ当にいつの間にだよ⁉　気配なんてまったく何もなかったぞ⁉)

特上の戦慄と共に、グレンの総身を怖気と寒気が駆け上る。

その少女は、あまりにも何の前触れもなく唐突に現れたのだ。

しかも、こうして目の前で対峙しているのに、ふとした拍子に、その姿を見失ってしまいそうな……あまりにも希薄すぎる、透明すぎる存在感。

異質。かつ、異様だ。

グレンが今まで相対してきた敵と比べても異質、異様が過ぎる。

「…………」

少女がくるりとグレンへ振り返る。

病的なまでに白い肌、黒檀の髪、奈落のような瞳。黒のボンデージに身を包み、フード付き外套（がいとう）を深く纏（まと）った少女だ。

その特徴的な装備は――

（天の智慧（ちえ）研究会の処刑部隊――掃除屋（スイーパー）ッ!?）

そんな掃除屋（スイーパー）の少女の手には、連中お得意の超高速武器錬成術【隠す牙（ハイドゥン・クロウ）】で作られたと思われる大鎌が握られている。

（……大鎌……？）

自在に武器を錬成できる掃除屋（スイーパー）でも、大鎌を得物にする者は稀（まれ）だ。

そして、大鎌を得物にする掃除屋（スイーパー）の中で、帝国軍魔導士の誰もが恐れる超有名人が存在する。

その者は――目の前で相対していても、姿を見失うほど超絶的な隠形（おんぎょう）術、殺されたことすら気付かせぬ無音の殺人術を駆使するという。

そのコードネームは――

「まさか……お前が、あの《無音の狩り手（サイレント・ハンター）》――？」

――居ない。

すでにグレンの視界の中に、その少女――《無音の狩り手（サイレント・ハンター）》は居ない。

《無音の狩り手（サイレント・ハンター）》は音もなくグレンの背後に移動しており、その振るう大鎌でグレンの頭部を捉えようとしていて——

「ぅおおおおおおおおおおおお——ッ！」

グレンは自身の首が斬り飛ばされるのを、咄嗟に腕を盾にして防いだ。

ばっ！

骨まで到達する大鎌の斬撃。

上がる血飛沫。

「てめぇ——」

グレンが逆の腕で反撃の拳を返そうとした瞬間。

どんっ！

グレンの腹部に《無音の狩り手》の裏回し蹴りが入り、グレンの身体が吹き飛ばされ、
壁に叩き付けられる。

「——がはッ⁉」

一瞬、飛びかかるグレンの意識。

だが、この好機に《無音の狩り手》は、グレンに対する追撃をしない。

くるりとグレンに背を向け、《無音の狩り手》が大鎌を構えた相手は——ベッドの上のリィエルであった。

（こいつの狙いは……やっぱ、リィエルか⁉）

気迫でダメージをねじ伏せ、立ち上がろうとするグレン。

一方、リィエルは自身に向かって大鎌を構えている《無音の狩り手(サイレント・ハンター)》を、興味なげに見上げているだけだ。戦う意志はもちろん、逃げる意志すらない。

当然、機械のように無慈悲な《無音の狩り手(サイレント・ハンター)》が容赦などするわけもなく。

そんなリィエルに向かって、鎌を振り上げ――

「させるかよぉおおおおおおおおおお――ッ！」

ほんの一瞬だけ、グレンの方が早く動いた。

懐(ふところ)から咄嗟に取り出した閃光石(せんこう)が床に叩き付けられて砕け――着火。

猛烈な光を上げて、世界の全てを白熱させる――

「！」

ほんの一瞬だけ、《無音の狩り手(サイレント・ハンター)》が動きを止めた隙に――

「うおおおおおおおおおおおおおおおお――ッ！」

グレンはベッドに飛びつき、リィエルを抱きかかえて――

がっしゃあああああんっ！

窓を蹴破って、外へと飛び出すのであった。

やがて、閃光石が燃え尽き、光が収まって。

《無音の狩り手(サイレント・ハンター)》は、蹴破られた窓へと近寄り、グレンがリィエルを連れて逃げていった窓の外を見据える。

外はすっかり真夜中。

夜の帳(とばり)は深く落ち、帝都はすっかり眠りに静まりかえっている時分。

「…………」

しばらくの間、《無音の狩り手(サイレント・ハンター)》はそんな外の様子を窺(うかが)って。

……やがて。

ふっ……と、音もなく部屋の中から姿を消すのであった。

────。

「はぁ……ッ！　はぁ……ッ！　ぜぇ……ッ！　ぜぇ……ッ！　あのアホ組織、なんて奴(やつ)を寄越しやがるんだ、ド畜生ぉ……ッ！」

グレンが毒づきながら、帝都の狭い裏通りを駆ける。

リィエルを抱きかかえながら、駆け抜けていく。

路地裏をひたすら駆けるグレンの脳裏に浮かぶのは、《無音の狩り手》に纏わる恐ろしい逸話ばかりだ。

曰く、十人の腕利きの護衛に、四六時中付きっきりで守られていた貴族が、いつの間にか殺されていた。その貴族が殺された瞬間は、護衛達の誰も見ていなかった。

曰く、《無音の狩り手》を百人の熟練の魔導士達で追っていたら、魔導士達がいつの間にか一人、二人と消えていき、気付いたら全滅していた。結局、《無音の狩り手》の姿を見た者は誰もいなかった。

曰く、千人もの民衆が見守る中で演説する政府要人を殺した。でも、その要人が殺された瞬間は、誰も見ていなかった。

曰く——

（誇張された逸話もあるだろうが、それだけ《無音の狩り手》の無音の隠形殺人術が異次元だという証左——ッ！）

そして、《無音の狩り手》の隠形殺人術は、魔術によるものではない。

得物こそ高速武器錬成術【隠す牙】だが、隠形殺人術そのものは、極まった体術によるものだ。

つまり、固有魔術【愚者の世界】を切り札に、純然たる魔術師殺しを得意とするグレンにとっては、相性最悪の相手である。

（クッソ、手に負えねえ……アルベルトは……ッ!? セラは……ッ!?）

同僚達に助けを求めようと思ったが、駄目だ。

現在、アルベルトやセラ、イヴはもちろん、バーナード、クリストフ、ジャティス……主だった特務分室のメンバー全員が、帝都を出払って、とある任務に就いている。

リィエルを守り切るならば、グレン一人でやるしかないのだ。

「ド畜生ッ！ なんだって、こんな時に限って――」

思わず毒づきかけて――気付いた。

「……な」

リィエルを抱きかかえて帝都の路地裏を駆け抜けるグレンの隣を……《無音の狩り手》が、ぴったりと並走している。

辺りに反響する駆け足の音と息遣いは、グレンのもののみ。

その名の通り《無音の狩り手》は、気持ち悪いほど音を発しない。完全なる無音。

こうして視覚で直接捉えなければ、すぐ傍を走っているなんて、まったくわからないほどだ――

――銀光！

容赦なく《無音の狩り手》は、グレン――より正確に言えば、グレンが腕に抱きかかえるリィエルを狙って、鎌を振るう。

「うぉおおおおおおおお――ッ⁉」

咄嗟に、腕の中のリィエルを庇うように身を捻る。

肉を斬る音すらさせず、グレンの二の腕が深く斬り裂かれ、ただ、血が地に滴る音だけが、夜のしじまに小さく木霊する。

「ちぃいいい――ッ！」

グレンが自身の身体能力強化術式にさらなる魔力を込め、跳躍する。

近場の建物の壁を連続三角跳びで蹴り上がって、屋根の上に出ようとして――

「――な」

屋根上に上がった、その瞬間。

そこには、《無音の狩り手》がすでに待ち構えていて、大鎌をグレンへ向かって一閃してきて――

「がぁ――ッ⁉」

身を捩って屋根のへりを蹴り、後方へ飛ぶ。

腕の中のリィエルを庇うグレンの背中が、大鎌に斬り裂かれ——血煙が舞って。

当然、グレンの身体は重力に従い、大通りのド真ん中に落下していった。

「がはっ⁉　ぐふぅ⁉」

グレンはリィエルを庇うように受け身を取り、地面に叩き付けられる。

受け身のお陰でリィエルは無傷であり、グレンも大事はないが……グレンの身体を襲った落下の衝撃は相当なもので、息が詰まる。

逃走を始めて一分も経過していないのに、もうグレンの身体はボロボロであった。

「く、くそ、駄目だ……とても逃げ切れる相手じゃねえ……ッ！」

グレンが顔を上げる。

深夜ゆえに、まったく人影のない閑散とした大通り。

その向こう側に——《無音の狩り手》の姿が見えた。

《無音の狩り手》は、グレンを自身の使命の障害と見なしたらしい。大鎌を構え、まずグレンを排除しようと、グレンに向かって悠然と歩み寄ってくる。

(リィエルを救うには……俺が倒すしかねえ……ッ！　《無音の狩り手》を……ッ！)

だが、それが自分に出来るのか？

あの音に聞く最強の掃除屋を倒すことができるのか？
リィエルを守りきることができるのか？

——お願い……します……せめて……あの子だけは……幸せに生きる……道を……ッ！

不意にグレンの脳裏に蘇る、イルシアの今際の際の言葉。
「本当に……厄介な呪いを受けちまったもんだぜ……ッ！」
グレンは無駄だと知りながらも、《無音の狩り手》へ全神経を全集中させて。
決して見失うまい、その動きを見切ってやると気を張って。
構える銃口の照準の先に、《無音の狩り手》の姿を捉える。
だが——そんなグレンを嘲笑うように。
はっと気付けば、照準の先の《無音の狩り手》の姿は、忽然と消えていて。
その姿は、グレンのすぐ右側に現れていて。
《無音の狩り手》は、無言で、音もなく、鎌を振るった。
「〜〜〜ッ⁉」
グレンは咄嗟に、腕と銃で身体の急所を庇って。

がきんっ！　ぱっ！

受け流し損ねた大鎌の神速斬撃が、グレンの脇腹を抉る——

「ぉおおおおおおお——ッ！」

ダメージを厭わず、グレンは銃口を《無音の狩り手》へ向かって旋回させ、撃鉄を高速ファニング。

銃声銃声銃声銃声銃声！

だが、《無音の狩り手》が、そこにいない。

銃口から吐き出された鉛玉の火線は、何もない空間を虚しく過っただけ。

気付けば、《無音の狩り手》が立っているのは、グレンの視界の端——十数メトラもの距離が離れた場所であった。消えた瞬間、移動した瞬間すらわからなかった。

「く……ッ⁉　ば、化け物かよ、てめぇ……ッ⁉」

そっちに向き直り、毒づくグレン。

「…………」

まったく、答えず。淡々と。

《無音の狩り手》は、邪魔なグレンを排除せんと、二度、三度、四度と大鎌を振るってくる。

グレンは、正面に相手を捉えているはずなのに、どこから攻撃されているのかまったくわからないという奇妙な感覚と違和感に翻弄されながら。

リィエルを守るための、絶望的な戦いが始まるのであった——

「ぐぅ～～ッ⁉」

その戦いは、あまりにも一方的に過ぎた。

《無音の狩り手(サイレント・ハンター)》がその無音の隠形殺人術を自在に駆使して、グレンを攻め立てる。

大鎌を鋭く一太刀振るうごとに、確実にグレンの身体(からだ)を削っていく。

無論、グレンも反撃を試みるが、反撃をしようとした瞬間、《無音の狩り手(サイレント・ハンター)》はグレンの視界や感覚から消えている。

そして、その刹那、逆方向から襲ってくる《無音の狩り手(サイレント・ハンター)》の攻撃。

（くっそ、マジでなんなんだ、コイツの動きは……ッ⁉　まるで、実体のない霞(かすみ)でも相手にしているような気分だ……ッ！）

そんなグレンが辛(かろ)うじて死なずに立っていられるのは、偏(ひとえ)に、攻撃をかわすことに注力するのではなく、多少攻撃を貰(もら)っても、とりあえず急所を庇うこと、守ることに専念しているからだ。

年端(としは)もいかない少女ゆえか、《無音の狩り手(サイレント・ハンター)》には、大の男を一撃必殺する攻撃の重さがない。

つまり、急所にさえ攻撃を貰わなければ、即死することはない。

ことここに来て、勝てずとも負けないことを得意とする、グレンの生き汚い立ち回りが輝いている。

もし、グレン以外の者が《無音の狩り手(サイレント・ハンター)》を相手にしていたら、あるいは《無音の狩り手(サイレント・ハンター)》がもう少し成長して、身体能力的に成熟していたら。

もうとっくの昔に〝始末〟されてしまっていたことだろう。

（だが……どの道、長くは保(も)たねえ……ッ⁉）

全身から大量の血を流しながら、グレンが呻(うめ)く。

そう、いくらグレンが急所だけは守り続けているとはいえ、このままでは普通に削り殺される。

そして、その猶予はもう然程(さほど)遺(のこ)されてはいない――

（くそ……どこだ……？　やつはどこにいるんだ……ッ⁉）

グレンの数メトラ先の目の前に、《無音の狩り手(サイレント・ハンター)》の姿はあるというのに。グレンに向かって、彫像のようにピタリと大鎌を構えているのに。

どうして自分は、そんなおかしな迷いを抱えながら戦わなければならないのか——？

そんな違和感すら覚えなくなってきているこの状況が、何よりも恐ろしかった。

（だが、退けねぇ……ッ！　ここで退いたら、リィエルが……ッ！）

この状況での戦闘放棄は、リィエルを見捨てるのと同義だ。元々救えぬ者をわざわざ救い上げたグレンは、その瞬間、ただの自己満足の偽善者野郎に成り果てる。

当のリィエルはグレンの足元で蹲って、ぼうっとしている。

今、目の前で何が行われているか……まったく興味なげであった。

（こいつは……俺が守る……ッ！）

気迫だけで意識を繋げ、グレンは《無音の狩り手》と対峙し続ける。

すると。

「…………」

そんなグレンの決死の気迫を感じ取ったのか。

あるいは、そんなグレンを〝手強い〟と感じたのか。

すっ……

グレンの視界から、《無音の狩り手》の姿が——完全に消えた。

完全なる無音が世界を支配した。

今までとは、次元の違う〝消え方〟だ。

「……ッ!? これは……ッ!」

この現象の正体を、グレンはこれまでの戦闘経験から推察・直感する。

恐らく、これは《無音の狩り手(サイレント・ハンター)》が、隠形(おんぎょう)殺人術を極めた果てに得た奇跡の神業。

人が知覚する認識の外側に隠れたのだ。

たとえば——

四百年前の魔導大戦で活躍した《剣の姫》エリエーテ＝ヘイヴンの剣技のように。

たまに、魔術によらない何らかの〝技術〟を極め果てた先に、魔法の領域に到達する者達がいる……とは噂(うわさ)には聞いていたが。

「怪物め……ッ!」

吐き捨てながら、グレンは無意味と知りつつ全神経を集中させ、周囲を探った。

恐らく、《無音の狩り手(サイレント・ハンター)》は、グレンのしぶとさと頑健さにしびれを切らし、グレンを一撃で仕留めるための隙を窺(うかが)っているのだろう。

今までですらまったく対応できなかったのに、次に飛んで来るのは、これまで以上に研ぎ澄まされ、読めない殺意の一撃だ。

恐らくは寿命か、あるいは人間性か……きっと、取り返しのつかない何かを代償にするだろう次の一撃。これこそが《無音の狩り手(サイレント・ハンター)》の真の本気。

(無理だ……ッ！　次の一撃だけは絶対にかわせねぇ……ッ！)

グレンの背筋を猛烈に、死の気配がせり上がってくる。

俺は、ここで死ぬ——最早(もはや)、それは確信であった。

だが。

それでも。

グレンが、なんとかリィエルを救おうと。リィエルを守ろうと。

この状況を打破する方法を、脳をフル回転させながら考えていると。

「……なんで？」

不意に足元から声がかかる。

リィエルだ。

ぺたんと尻をついて座るリィエルが、虚(うつ)ろな目で傍(かたわ)らに立つグレンを見上げ、ぼそりと問いかけてくる。

「なんで……あなたはそんなに戦ってるの？」

「…………」

「たぶん……あいつが狙っているのは……わたし。あなた、関係ない……」

「…………」

「わたしを置いて……逃げればいい……あなたはそれで助かる……」

「…………」

「なのに……なんで？　なんでわたしを守っているの……？」

そんなリィエルの問いに。

グレンは、かっと爆ぜるような激情と共に。

こう叫ぶのであった。

「うるっせぇ！　俺は――お前に、生きていてほしいんだッッッ！」

～～～～。

そう。

この極限状態で――俺は思い出す。

最初は――『正義の魔法使い』を目指す身としての義務感からかもしれなかった。

あるいは、自分が救えなかったシオンやイルシア達に対する罪悪感、贖罪の意味からかもしれなかった。

でも。

リィエルを保護して、世話して、リィエルと過ごしていた……ある日のことだ。

俺は、リィエルを車椅子に乗せ、兵舎の庭先を散歩していた。

眩い陽光降り注ぐ昼下がりだ。

花が咲き乱れる綺麗な花壇。ひらひら飛び交う蝶。キラキラ光る噴水池。

なんでもいい。

何かリィエルが、自らの意志で生きようとする何らかのきっかけがあれば、と。

そう祈って、俺はリィエルを押して庭先に連れ出したのだ。

結局……何の成果も上げることができなかったが――

これまで、何をやっても無反応だったリィエルが突然、庭の真ん中で、空を見上げ……手を伸ばしたのだ。

「……り、リィエル……？」

「………………」

今となっては……あの時のリィエルの行動に何の意味があったのかわからない。

久々に外の空気と光を浴び、眩しかったがゆえの……単なる無意識の反射行動だったのかもしれない。

意味なんて何もなかったのかもしれない。

だが。

それでも。

空に向かって手を伸ばすリィエルのその姿は、俺の魂を捕らえた。

俺には、その時のリィエルが、まるでこう言っているように、聞こえたのだ。

〝助けて〟

〝誰か、わたしを助けて〟

そのリィエルの姿に、かつての自分の姿が被った。

セリカに救われる前の自分。

どこかの暗く狭い部屋のベッドの上に拘束されて。

ただ、誰へともなく助けを求めて、天井に向かって手を伸ばし続けるしかなかった、あの時の自分の姿に。

あの時は――伸ばした俺の手を摑んでくれたのは、セリカだった。

俺はセリカによって救われ——それから幸せな時間を享受することができた。

あれだけ、世界に絶望していた俺が、あっさりと救われたのだ。

だったら——リィエルだって救われない道理はない。

この世界には、確かに辛く苦しいことも多いけど、それに匹敵するくらい幸せで楽しいことだってあるのだから。

それを一つも知らずに、消えて逝くなんて……嘘だ。

あまりにもあんまりではないか。

だから——


〜〜〜〜。


「生きろ、リィエルぅうううううううううう——ッ！」

グレンがそう叫んだ、その瞬間。

「……ッ！」

リィエルが、微かに目を見開いて。

そして——それを皮切りに。

グレンに——〝無音の死〟が迫ってくる。

姿も、形も、方向も認識できず、ただ圧倒的な〝死〟のみが、命を刈り取らんと死神のように迫ってくる。

グレンに、これに抗し得る手段はない。

こうも死の気配が、もの凄い勢いで迫ってきているというのに、自分の目は未だ《無音の狩り手》の影も形も捉えられていないのだ。

ただ、次の瞬間、自分は死ぬ——そんな予知じみた確信ばかりがある。

（くそ……ッ！　ここまでか……ッ⁉　やっぱり、俺じゃあ……セリカみたいな『正義の魔法使い』には、なれねえってのか……ッ⁉）

グレンが歯噛みしながら、迫り来る〝死〟を、甘んじて受け入れようとして——


——。


「生きろ、リィエルぅうううううううううう——ッ！」

そんなグレンの叫びが。

「……あ」

リィエルの心の鍵だった。

リィエルの中で、記憶がフラッシュバックする。

先の夢の内容が、鮮烈に蘇る。

『■■■(リィエル)……どうか……僕達の分まで、■■■……』

どうしても、聞こえなかった、認識できなかった、あの兄の言葉。

どこか、兄を思わせるグレンとかいう人の叫びが、カチリと空白に嵌ったのだ。

ようやく、心の中の兄の声が聞こえるようになったのだ。

すなわち——

『リィエル……どうか……僕達の分まで、生きて……』

「あ……あ、ぁあ、ぁああああああああああああああああああ——ッ⁉」

突然、リィエルが頭を抱えて、叫び声を上げ始めて。

そして——

──────。

金属音。

あるいは、それは衝撃音と表現すべきか。

「な……ッ⁉」

「……ッ⁉」

その瞬間の驚きは二人分。

グレンと……《無音の狩り手(サイレント・ハンター)》の物だ。

今までまったく感情らしい感情を見せなかった、無色透明な少女がことここに至り、初めて動揺のようなものを見せたのだ。

なぜなら──

下。グレンの下。

超極端な前傾姿勢の《無音の狩り手(サイレント・ハンター)》が、グレンを下から斬り上げようと振り上げたその大鎌を。

「〜〜〜〜〜〜ッ！」

リィエルが振り下ろした大剣が、上から押さえ込んでいたのだから。

今の今までどこにも存在していなかった、その大剣は――間違いなく、組織の掃除屋が使用する超高速武器錬成術【隠す牙】による代物だ。

「り、リィエル⁉」

いつの間にか、《無音の狩り手》にこんな至近の足元に寄られていたことに対する驚愕と衝撃よりも、リィエルが動いていたことの方が勝ったグレンが棒立ちになる。

そんなグレンに構わず――

「ぁ……、ぁあああああああああああああああああ――ッ！」

リィエルが、《無音の狩り手》を壮絶な圧力で押さえ込もうとして。

「……ッ！」

その形を嫌い、《無音の狩り手》がその場を退く。

二度、三度と跳び下がって距離を取って――

やがて、グレン達の視界から、まるで虚空へ溶けるように消えた。

世界から《無音の狩り手》の存在が完全に消えてしまったのだ。

「くそぉ……また、あのチート技かよ……ッ⁉」

グレンが周囲を警戒しようと見回すが。

「――ぐ⁉」

がくん！

ついに限界を迎えたグレンが、片膝をついて、頽れてしまう。

いくら急所を外して致命傷だけは避け続けていたとはいえ、ここに至るまでグレンは傷つき過ぎた。血を流し過ぎたのだ。

「く、くそぉ……こんな時に限界が……ッ！」

もう自分は戦えない……やや朦朧とする意識の中、それを悟ったグレンが、傍に立つリィエルに叫んだ。

「逃げろ……ッ！　リィエル、俺を置いて逃げろ……ッ！　いや、違う……やつの狙いはあくまでリィエル……畜生、どうしたら……ッ！」

グレンが力の入らない身体になんとか鞭を入れて、立ち上がろうと藻掻いていると。

「……ん。大丈夫」

リィエルはそんなことを、ぼそりと呟いて。

逃げも、隠れもせず。

ただ、大剣をだらりと手に提げたまま、まったく無防備に棒立ちするだけだった。

「な、何が大丈夫なんだよ……ッ⁉　何をぼうっとしてやがるんだ……ッ！」

「…………」

聞かず、リィエルは無言。
無言でその場に、佇み続ける。
…………。
夜のしじまが辺りに木霊する。
静か。
とても静かだ。
まったくの無音の世界。
だが——
感じ取れる者は感じ取れるだろう。
その無音の世界の中に、ぽたりと一滴毒のように滲む殺意。
それが、少しずつじわじわと脹れあがって、広がって——
——やがて。
その時が——
(……来る！)
グレンの生死の境界を見極める感覚が、それを鋭敏に察知した。
《無音の狩り手》が無音の隠形術で身を隠し、必殺の意志をもって仕掛けてくる。

だが、グレンにわかるのはそこまでだ。

いつ、どこから、どのような手段で仕掛けてくるのか、まったくわからない。

ただ、死の気配だけが漠然と濃厚に、全てを搦め捕るよう鉄砲水のように圧倒的勢いで迫ってきて——

「り、リィエルぅうううううううううう——ッ！」

グレンが叫んだ……その瞬間だった。


どっ！


骨を断ち、肉を斬る鈍い音。

ばしゃりと派手に散華する血華。

「……えっ？」

《無音の狩り手》の口から初めて漏れた、そんな驚きの声。

それは——刹那の攻防だった。

音もなく、姿も見せず、空から高速で舞い降りてきた《無音の狩り手》を。

見もせず、認識もせず、リィエルが無造作に振るった大剣が、容赦なく捉えていたのだ。

リィエルの大剣は、そのままあっさりと振り抜かれ――《無音の狩り手》が地面と水平に吹き飛んでいく。

どしゃっ！

そのまま建物の壁に叩き付けられる《無音の狩り手》の身体。

そのまま、壁に大量の血痕を遺しながら、壁に背をずるずると擦りつけるように崩れ落ちていって……がくりと《無音の狩り手》が脱力し、うな垂れる。

――即死。

《無音の狩り手》の胸部を斜めに走る深い斬痕。まき散らされた大量の出血。

あまりにも、わかりやすい即死。

あの音に聞く最強の掃除屋の――あまりにも呆気ない幕切れであった。

「…………」

しばらくの間、グレンは《無音の狩り手》の死を、信じられないもののように、呆然と見つめるしかなくて。

「なぜ……わかった？」

やがて、絞り出すように、リィエルへ問う。

「《無音の狩り手》が仕掛けてくる方向とタイミングが……なぜ、わかった？」

すると。

リィエルはくるっとグレンを振り返り、あっさりこう答えた。

「……ん。勘」

そんなリィエルの答えに。

「は、……ははは……なんだそりゃ……」

グレンは思わず笑ってしまう。

どうやら、グレンがあのガラス円筒から救い出した少女は……グレンが思った以上に、とんでもない存在なのかもしれない。

そんな風に、グレンが呆然と立ち尽くしていると。

リィエルがトコトコとやってきて、グレンをじっと見上げてくる。

「な、なんだよ……？」

「やっぱり……似てる」

「似てる？」

「ん。シオン……兄さんに……似てる……」

そして。

リィエルはたどたどしく……一語一語言葉を探すように紡いでいく。

「兄さんが……わたしに生きろって言った」

「リィエル……？」

「でも……わたしは兄さんのためにあった……兄さんはもういない……だから……グレン……あなたのために生きる」

「……ッ⁉」

「わたしは……あなたの剣。あなたはわたしの全て……わたしは……あなたのために生きると……そう……決めた……から……」

　そう呟いて。

　リィエルは、いつまでもグレンのことを見上げ続けるのであった。

「リィエル……」

　グレンはリィエルを見る。

　先ほどまで衰弱死一歩手前だったのに……その顔の血色はまるで別人のように良い。

　それが魔造人間の性質なのか、あるいは生きると決めた心境の変化のせいなのか……ふつふつと身体の奥底から新たな生命力が湧いてきているような……そんなイメージ。

　ああ、もうこの子は大丈夫だ。峠は越えた。

　そう思わせる何かが、今のリィエルからは感じられた。

だが――

(問題は山積み……か)

深いため息を吐くしかないグレンである。

まったく、おかしなことになってしまった。

リィエルは言った。

あなたのために生きる……と。

(多分……こいつは、俺と記憶の中の兄貴を重ねて……記憶の中の兄貴に縋るために、俺を兄貴の代わりとして依存対象に選んだだけだ……)

それでは――イルシアが組織に居た時と同じだ。

誰かに言われるままに戦い、誰かに言われるままに殺す――そんな意思なき兵士。

そんなことはシオンもイルシアも望んでいない。

ただ、あの二人は――リィエルに希望を託しただけなのだ。

自分達の分まで、リィエルに幸せになってほしかった、ただそれだけなのに――

これでは、ただ糸の切れた操り人形の糸を、新しいものに繋ぎ替えただけだ。

そんな歪な生、まったく何も救いがない。救われない。

だから――グレンは毅然と告げた。

「リィエル＝レイフォード。お前は、リィエル＝レイフォードだ」

「……？」

「そして、俺は、グレン＝レーダス。……わかるな？　重要なことだ」

案の定、まったくわかっていなそうに小首を傾げるリィエルへ、グレンが言った。

「なぁ、リィエル。お前……俺のために生きると言ったな？」

「ん」

「それじゃ駄目だ。駄目なんだよ……」

「駄目？　……なんで？」

無感情な無表情で、小首を傾げるリィエル。やはり本気でわかっていないようだ。

「それじゃ、お前が幸せになれないからだ」

「シアワセ？　必要あるの？」

「わかってくれねえかなぁ……」

なんとも複雑な気分で、グレンはリィエルを抱きしめるしかない。

「……？」

結局、リィエルは何一つ理解出来ず、抱きしめられるがままであった。

（くそ……なんて難しいんだ……）

リィエルを救ったことに責任を持つ覚悟を決めていたグレンではあったが……あまりの前途の多難さに目眩がしてくる。

この先、本当の意味でリィエルが救われるその時が……本当に来るのだろうか？

（だが……希望が潰えたわけじゃない……）

むしろ、希望は繋がれたのだ。

たとえ、当面の生きる理由が歪な依存によるものだとしても。

それでも、生きていれば。

生きてさえいれば、いつか——

「……リィエル。今はわからなくても、覚えておいてくれ」

「？」

「いつか……お前にも大切なものができるはずだ。それが一体、何になるのか……俺にはわからないが……お前が誰から言われることもなく、自ら動きたいと思えるような……そんな大切なものが、お前にもできるはずだ……」

「いらない。グレンがいればいい」

「……ッ！　ああ、今はそれでもいい」

複雑な表情で歯噛みするグレン。

「だが……もし、俺の言っていることがわかるその時が来たら……その気持ちを大事にしろ。

　そして、その気持ちに従って、お前がしたいようにすればいい。それが自分のために生きるってことだ……いいな？」

「……それが、グレンの命令なら」

「……良い子だ」

　複雑な表情で、グレンは腕の中のリィエルの頭を撫でる。

　ぼうと、感情のない目で立ち尽くすリィエルを、いつまでもいつまでも、なで続けるのであった。


　そして──時は流れ──

　──────。

　──二年後。

「いいいいいいやぁああああああああああああああああ――っ！」

リィエルが、大剣を横一文字に一閃する。

水平に広がる、金色の剣閃。

彼女だけが視える、彼女だけの剣閃。

金色の剣閃は、空間を超えて平原を神速にひた走り――

それが、群れをなして迫り来る最後の死者の軍勢の密集陣形を、完全に薙ぎ払う。

ごっ！　衝撃音が彼方に残響する。

その一撃で――本日の《最後の鍵兵団》の侵攻は終了となった。

最早、このフェジテの城壁を背にした平原に、二の足で立っている死者はいない。

「か、勝った……」

「勝ったぞ……今日も……」

帝国軍兵士達は、徐々に勝利を実感し……それが軍全体に伝播していき――

「「「「ぉおおおおおおおおおおおおおおおお――ッ！」」」」

「「「「《剣の姫》リィエル、ばんざぁあああああああああい――ッ！」」」」

勝利を祝うときの声が戦場に木霊するのであった。

「……ん？　もう終わった？」

この勝利の立役者、リィエルは後方で大騒ぎする兵士達をキョトンと振り返る。

誰もが、諸手をあげてリィエルを褒め称えるが、リィエルはあまり興味ないようだ。

ただ一人、満足げに空と、そしてフェジテの城壁を流し見る。

「よかった……今日も守れた」

その胸に去来するのは、グレンがフェジテを発つ時に遺した言葉――

〝皆を――生徒達を守ってやってくれ〟――だけではない。

「グレンと、システィーナと、ルミアの……帰る場所を守れた……クラスの皆を……守れた……」

それが、単純に嬉しかったのだ。


――――。

フェジテに凱旋し、リィエルがアルザーノ帝国魔術学院内に戻って来ると。

「リィエルちゃあああああんっ！」

「リィエル！　ああ、よかったですわ！　今日も無事で……ッ！」

そんなリィエルを、カッシュやウェンディ……ギイブル……テレサにセシル、リン……ロッドにカイ……二組のクラスメート達が走って出迎えてくれた。

ボロボロの上に、死者達の腐った返り血を浴びて汚いはずのリィエルを、クラスメート達は泣きながら抱きしめる。リィエルの無事を喜んでくれる。

最前線には出ていないとはいえ、魔術学院の緊急特例条項でクラスメート達も城壁の防衛任務についている。

城壁に張り付いてくる死者達を魔術で休む間もなく迎撃し、くたくたに疲れているはずだ。すぐにでも休みたいはずなのだ。

それなのに、皆、こうしてわざわざリィエルの帰還を待っていたのである。

「ありがとう！　今日も本当にありがとうな、リィエルちゃん！」

「私達も頑張りますわ……一緒に……最後まで……」

「そうだ、そうだ！　先生達が帰ってくるまで、皆で頑張ろうぜ……ッ！」

「ああ、俺達の手で平和を取り戻して……またいつか、皆で一緒に、先生の授業をうけようぜ……ッ！」


口々にそう告げるクラスメート達の言葉に。

リィエルの心に、温かい何かが灯る。

最近は、皆とこうしているといつも胸に宿る熱。

それは決して嫌な感覚ではなく……むしろ心地好い熱だ。

この温かな熱があれば、きっと、わたしは――


「……あ」


その時……不意に、リィエルの心の中に、すとんと落ちるものがあった。

（たぶん……わたし……みんなが……みんなが生きているフェジテが……好きなんだ）

それこそが、この胸の内に灯る温かな熱の正体。

この心が折れそうな絶望的状況下、この小さな身体に活力を与え、どこまでも衝き動かすもの。

だから、戦える。守りたい。

もう、グレンの命令や頼みとは関係ない。

わたしは、わたしの意志で、わたしの大切なものを守るために戦うのだ。

他でもない、自分自身のためなのだ。

だから、わたしはこんなにも――こんなにも辛く苦しい状況なのに、幸せなのだ。

自分の大好きな人達のために、大好きな人達を守るために戦える……それは、とても嬉しくて、誇らしくて、幸せなことだったのだ。

そして――それは、〝答え〟だった。

かつて、グレンがリィエルに言った言葉。

あの時以来、ずっと心のどこかに残っていた疑問。

リィエルの中で長年燻っていた疑問が、ついに氷解したのである。

「……そういうこと？　グレン」

目を細めて、空を見る――

空に、自分の大好きな人達の顔が、次々と浮かんでいく。

グレン、システィーナ、ルミア、セリカ。

イヴ、アルベルト、クリストフ、バーナード、エルザ。

学校のクラスメート達……リリィ校やクライトス校の仲間達……

今、様々な事情で、この場にいない人も多い。

だけど、皆、この同じ空の下で繋がっている……そんな気がしたのである。

「わたしは、大好きなみんなのためなら……うん、どこまでも戦える」

そんな温かな思いを抱きながら。

クラスメート達に揉みくちゃにされる中、リィエルはいつまでも空を見つめ続けるのであった。

「わたしが……みんなを守る。だから、グレン……安心して」

かつて、道に迷った迷子の戦車は、もういなかった——

あとがき

こんにちは、羊太郎です。

今回、短編集『ロクでなし魔術講師と追想日誌』第九巻、刊行の運びとなりました。

九巻！　大台の十巻まであと少しぃ！

ここまで来れたのも、編集者並びに出版関係者の方々、そして本編『ロクでなし』を支持してくださった読者の皆様方のおかげ！　いつもいつもありがとうございます！

さぁ、今回もキリキリ作品解説行きましょう！　今回は頁が少ないから！

○レーンの受難

女体化したレーン先生、再び！　ロクでなし本編八巻で登場した、女体化グレンは一発ネタで終わらせるのは惜しいと思っていたので、再登場させることができて大満足です。こういう展開の都合上、本編で登場機会が少ないマリアちゃんを動かせたのもグッド。こういう周囲を振り回すお茶目な子は、グレンの違った一面を引き出せるので好きです。

○嵐の夜の悪夢

ロクでなしらしいドタバタ話。実はこの話、僕が子供の頃に見た、とあるディ○ニーのトラウマホラーアニメが元ネタです（笑）。当時、見た時、超怖かった！

やはり、キャラは作者に似るというか、グレン君も首なし騎士はダメになりました。だが、大人になり、トラウマはもう克服した！　そう思って、久々件のアニメを見返しましたが、やっぱり怖ーよ！　本当に子供向けアニメか⁉　コレ！

○名も無きビューティフル・デイ

ナムルス回です。謎めいた言動と、どこか硬質な雰囲気を纏うミステリアスな美少女……それが彼女の売りだったはずなのに、どうしてこうなった？　なんか、登場する度、ただのポンコツ面白キャラになっていくな、この子（笑）。でも、好き。

○君に教えたいこと

なんだろう？　僕は歳上を振り回す歳下の女の子が好きなのだろうか？　ウルちゃんという、まーた、アクの強い女の子の登場です。結構、お気にのキャラなので、機会があったら、ロクでなし本編でも登場させたいなぁ。

○迷子の戦車

今回の書き下ろし短編。リィエルの過去話。主題がリィエルなので、もっと軽快な話になるかと思ったら、今までの書き下ろしの中でもトップクラスの重さぁ！（笑）

だけど……リィエル、変わったなぁ。初登場の頃から、基本的な性格や性質は変わってないのですが……こうして見ると、リィエルは劇的に成長してるんですね。

こういう実感ができるのも、長く続いた物語の特権だなぁと、最近しみじみ思います。

三人娘の一人、リィエルの秘めたる想(おも)いの軌跡を、どうか見届けてやってください。

今回は、以上ですね。

本編は色々と佳境に入ってきましたが、これからも『ロクでなし』をよろしくお願いします！　羊も全身全霊で頑張ります！

近況・生存報告などはtwitterでやっていますので、応援メッセージなど頂けると、羊は大喜びで頑張ります。ユーザー名は『@Taro_hituji』です。それでは！

羊太郎

初出

レーンの受難

The Agony of Lane

ドラゴンマガジン2020年9月号

嵐の夜の悪夢

Nightmare on a Stormy Night

ドラゴンマガジン2020年11月号

名も無きビューティフル・デイ

The Nameless Beautiful Day

ドラゴンマガジン2021年5月号

君に教えたいこと

What I Want to Tell You

ドラゴンマガジン2021年3月号

迷子の戦車

The Tank was a Lost Child

書き下ろし

Memory records of bastard
magic instructor

ロクでなし魔術講師(まじゅつこうし)と追想日誌(メモリーレコード)9

令和３年10月20日　初版発行
令和６年10月25日　再版発行

著者――羊(ひつじ) 太郎(たろう)

発行者――山下直久
発　行――株式会社KADOKAWA
〒102-8177
東京都千代田区富士見2-13-3
0570-002-301（ナビダイヤル）
印刷所――株式会社KADOKAWA
製本所――株式会社KADOKAWA

※定価はカバーに表示してあります。
●お問い合わせ
https://www.kadokawa.co.jp/（「お問い合わせ」へお進みください）
※内容によっては、お答えできない場合があります。
※サポートは日本国内のみとさせていただきます。
※Japanese text only

ISBN978-4-04-074287-8 C0193　◆◇◇